보석에

사랑받은

소녀의 이야기를.

시작해보죠.

Housekihaki no
Onnanoko

소아란

마녀협회에 소속된 마법사.
사람을 대하는 태도가
나긋나긋하고, 중성적인
이목구비를 한 청년.
하지만 그 정체는 사랑스러운
소녀로 변신하여 '마법소녀
나기땅'이라고 이름을 대는
변태.

마녀협회에 소속된 마법사.
긴 플래티넘 블론드 머리카락이
특징인 말수가 적은 여성.
소아란의 부하이며 그를 좋아한다.

일라쟈

*Sioare*
*lane*

*Illagia*

*Natsu*

나츠

리아피아트 지부에 재적하고 있는
민완 경위. 시원스런 성격에
깔끔한 스타일의 여성.
스프트니크와는 앙숙이다.

# character
### Housekihaki no Onnanoko

## Clue

### 클루

스푸트니크 보석점의 종업원.
잘 웃고 잘 화내는
밤색 머리를 한 여자아이.
'보석을 토하는' 불가사의한
체질의 소유자.

### 스푸트니크

스푸트니크 보석점의 점주.
외모만큼은 쓸데없이 멋지지만,
입버릇이 나쁜 짓궂은 청년.
클루의 체질을 알고 있지만,
그녀에게 위험이 미치지 않도록
주위에 비밀로 하고 있다.

## Sputnik

유키

클루롤 보석상회의 직원으로,
스푸트니크 보석점을
관리담당하는 여성.
부드러운 인상을 주는
여성이지만……?

Yuki

클루롤

클루롤 보석상회 회장이자
유키의 의붓아버지.
스푸트니크가 가장 만나고
싶어 하지 않는 인물 중 한 명.

Kruroll

# 보석을 토하는 소녀
## ~소녀를 향한 기도~
# 9

**나미아토** 지음 | **케이** 일러스트 | **김현화** 옮김

# Housekihaki no Onnanoko

Written by Naminato
Illustration by Kei

코쿠디에

마녀협회 본부

루카 가도

리아피아트

뷔알톤 시

피네치카

## 리아피아트 시

대륙 동부에 위치한, 루카 가도의 역참 마을로 번영했던 도시. 과실과 화훼의 명산지. 치안이 좋고 기후가 온난하여 살기 좋은 곳으로 알려져 있다.

## 코쿠디에 시

'물의 도시'라는 두 번째 이름을 가지고 있는, 수로가 발달한 도시. 비교적 추운 지방이라 겨울이면 눈이 쌓이지만, 수로는 일 년 내내 얼지 않는다. 마녀협회 지부가 있다.

## 피네치카 시

리아피아트 시에서 루카 가도를 서쪽으로 나아간 곳에 있는 도시. 과실을 가공한 과자가 유명하고, 클루롤 보석상회 지부가 자리한다.

## 뷔알톤 시

대륙에 위치한 최대 규모의 도시. 대륙의 정치, 경제, 문화의 중심을 짊어지는 도시이기에 '대륙 통합 수도'라고도 불린다. 클루롤 보석상회의 본부와 마녀협회 본부가 자리한다.

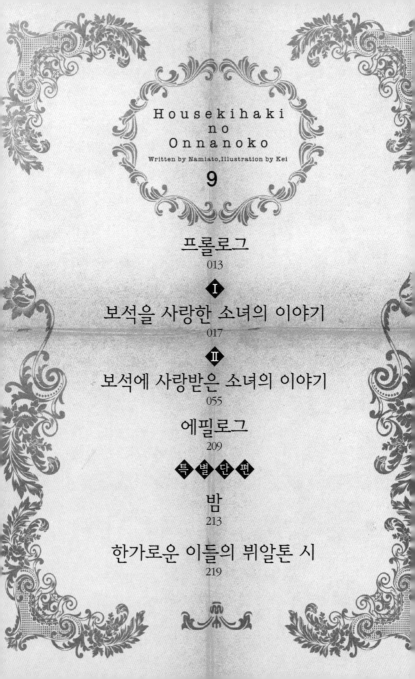

# Housekihaki no Onnanoko

Written by Namiato, Illustration by Kei

## 9

# 프롤로그

클루롤 아버지, 정말 미워요—

정말 미워요—

정, 말, 미워요—

"은퇴하고 싶어."

"아직 정정하시잖아요."

응접실에서 등을 구부린 채 무릎을 끌어안은 클루롤의 옆에 앉은 아내 마리아는 쓴웃음을 지으며 그리 말했다.

맡아서 보살피는 소녀 클루가 화를 내며 응접실에서 뛰쳐나가고 나서 시간이 얼마나 지났을까. 그를 염려한 시중이 클루롤의 의기소침한 모습을 마리아에게 전해 그녀가 살피러 온 것이었다.

클루롤은 이런 기분이 드는 건 얼마 만인가 싶었다.

그렇다, 마리아에게 프러포즈하고 거절당하고 난 이후였다. 몇십 년 전의 일, 일생일대의 용기를 쥐어짜 꽃과 반지를 내밀었더니 "당신에게 전 걸맞지 않은 사람이에요" "더 나은 사람을 찾아보세요"라고 거절당하는 바람에 기가 완전히 꺾여, 당시에 살던 집에 사흘간 틀어박혔다. 아무것도 하기 싫어서 방 모서리에 대고 주절주절 이야기를 걸다가 사흘째 되던 날에 구급차와 경찰차가 왔다. 오래된 추억이다.

그리고 지금. 얼굴이 새빨개진 클루의 목소리가 귓속에서 몇 번이나 울려 퍼졌다.

　그때와 비슷한 가슴 통증을 느꼈다.

　"난 그 애를 전혀 이해 못 했어. 난 누군가의 위에 설 자격이 없어."

　"옛날부터 완고하면서도 이상한 면에서 섬세하다니까. 못 말려 정말."

　성격이 삐딱한 수양딸에게 고집불통이라는 둥 능구렁이라는 둥 하는 소리를 들어도 끄떡없었다. 하지만 그 아이는 다르다.

　어린아이지만, 나름대로 알려고 하는 자세. 앞을 똑바로 보고 노력하는 자세. 망설이고 고민하면서도 바르게 행동하려는 자세. 클루롤이 깊게 관여해온 젊은이 두 명과 전혀 다른 타입으로, 순수한 마음으로 가능한 한 그 아이의 힘이 되어주고 싶었다.

　그런데. 학창시절부터 보살펴왔던, 어떤 의미에서 아들처럼 여겼던 보석상이 그 아이에게 폭력을 행사했다고 고백하여 머리에 피가 솟구쳤다. 그에 대한 실망과 더불어 그 아이를 위해 방안을 강구할 생각이었다.

　그렇지만 그 아이에게 그건 충격적인 이야기였나 보다.

　밉다고 외친 건 갑작스러운 일에 동요해서일지도 모른다. 그런데도 클루롤의 가슴을 후벼 파기에 너무나도 충분한 말이었다. 자신은 다만, 그 아이를 위해서라고 생각했고——

안심시키기 위해——잘돼 라는 마음에——온갖 생각을 하며 머리를 굴린 끝에 나온 말은,

"은퇴하고 싶어."

"조금만 더 힘내요."

마리아의 손이 어깨에 닿았다.

"분명 클루도 놀란 거예요. 혼자 애써 멀리까지 와서 열심히 공부하는 데, 건강도 해치고 그러던 차에……."

그렇다.

배려심이 부족했다. 반성하느라 고개를 수그리고 여러 가지를 떠올렸다. 보석학교에서 마주 앉아 나눴던 이야기. 숙제 고민을 덜어줬던 일. 저택 응접실에서 긴장한 기색으로 자신에게 인사를 했던 일. 그리고……

……문득.

"그러고 보니."

"왜요?"

기억을 더듬었다. 분명 그때 그 아이는.

자신의 기억이 잘못되지 않았는지 확인의 뜻을 담아 마리아에게 물었다. 고개를 들더니 잠시 생각하고 나서 마리아도 "그러고 보니 그랬네요"라고 긍정했다.

"그렇다면——."

"아, 그렇군."

완전히 장단에 놀아났다.

멍했던 머리에 피가 통하는 걸 자각했다. 너무 잘 통해서

부글부글 끓어오르는 것처럼 느껴졌다. 이명이 들렸다.

노크 소리에 대답한 건 마리아였다. 들어온 시중은 클루롤의 형상에 놀란 듯했지만, 무슨 일인지 채근하자 머뭇거리면서도 용건을 말했다. 그건——.

"——뭐라고?"

클루가 방에 없다는 것이었다.

방뿐만이 아니었다. 온 저택을 찾아다녀도 보이지 않는다고 했다.

"조금 전에 정원사가 혼자 나가는 걸 봤다던데…… 말을 걸었지만, 바쁜지 대답하지 않았다고 하네요."

"여보."

"응."

알겠다고 고개를 끄덕였다. 그리고.

이번에는 자기비하에 빠질 생각이 없었다. 그런 일로 시간을 낭비하는 것보다도 해야 할 일이 있다는 걸 알고 있어서였다.

"우선은 경찰에 미아 수색 신고서를 내야겠군. 그리고 나서——."

그리고 나서.

——그 이름을 입에 담는 것도 열이 받치지만!

"보석상 스푸트니크를 찾아내. 목에 밧줄을 걸어서라도 내 앞에 데리고 와!"

# 보석을 사랑한
# 소녀의 이야기

Housekihaki no Onnanoko

"시작해보죠. 보석에 사랑받은 소녀의 이야기를."

# 1

──네 동생이야.

그 사람 품에 안긴 갓난아기는 그렇게 소개되자마자 보채 듯이 몸을 떨고 새빨간 얼굴로 울기 시작했다.

아, 정말이지 활기찬 소리구나.

건강한 아이라며 모두가 웃었다.

어머니가 아이의 등을 쓰다듬자 아이가 토한 것은 푸른 보석이었다. 감싼 흰 천 속에서 반짝반짝 빛났다.

그렇구나, 이 아이가 내가 '지켜야 할 존재구나' 하고 그날 언니는 놀라움과 더불어 이해했다.


그리고 동시에 기도했다.

자신이 쌓아온 것들이 여동생의 미래를 견고하게 만들 수 있도록.


# 2


아코, 또는 안젤리카의 양녀가 되기 전의 팡숑, 또는 철부 지 시절의 유키──그녀의 친부모가 죽은 건 단순히 흔히 있는 불행한 사고 때문이었다.

싸늘한 비가 내리던 어느 날, 타고 있던 마차의 바퀴가 불 운하게 미끄러져 마부를 포함해 모두 즉사했다고 한다. 육

친을 잃은 게 슬펐지만, 애석하게도 자신은 아이치고는 머리 회전이 빨랐다.

부모님의 부고 소식을 들었을 때 아코가 제일 먼저 한 생각은 긴급할 때 자신의 목숨조차 구하지 못하는 마법이란 것이 예상외로 무력하다는 사실과 천애고아가 된 아코를 앞으로 양육해주는 사람이 누굴까 하는 것이었다.

부모님의 입에서 친척에 관한 이야기를 들은 적이 없기 때문이다.

"아코, 괜찮아?"

외톨이가 되었을 때 아코의 곁으로 제일 먼저 달려와 준 사람은 친구였던 동네 아이들이었다.

자신을 들여다보는 한 얼굴의 잿빛 눈동자를 되돌아보며 아코는 생각했다.

괜찮은지 아닌지 굳이 따지자면.

"괜찮을 거야. 아마."

"아마라니?"

그들은 아코 본인보다도 훨씬 아코를 염려했다.

그건 친구들이 아코가 마법사라는 사실을 몰랐던 탓이다. 말하지 않았던 데 깊은 뜻은 없다. 다만 단순히 마법을 사용하지 않더라도 그들과 대등하게 싸울 수 있었다. 필요 없었다고도 할 수 있다.

"어떻게든 되겠지."

말을 바꿔 다시 한번 말했다. 그런데도 친구들은 걱정스러운 표정을 짓고 있었다.

　하지만 아코는 낙관적인 관측이 아니라 분명 그렇게 생각하고 있었다. 부모님의 보호막이 사라진 지금, 재산을 정리하고 저택을 팔아 마법사의 능력을 이용해 일을 구하면 된다. 매우 번거롭고 거추장스럽겠지만 어떻게든 될 테다. 혼자서도.

　그렇게 생각했지만.

　실제로 아코는 혼자가 되지 않았다. 예상했던 고생에 시달리는 일도 없었다── 다만.

　상상했던 것과는 다른 번거로운 일에 휘말리게 되었다. 그건,

　"네가 셀레스틴과 아돌프의 딸이구나."

　아코의 부모님이 마녀협회라는 곳에 소속되어 있었기 때문이다.


　부모님의 부고 소식을 듣고 며칠 후, 아코를 만나러 마녀협회인가 하는 곳에서 심부름꾼이 찾아왔다.

　"네 이름은 뭐지?"

　"기록에라도 남아 있지 않아?"

　질문에 순순히 대답할 마음은 없었다.

　하지만 마법사는 미동조차 하지 않았다. 말이라도 거칠게 하면 재미있었을 텐데. 현관에서 안으로 들어오려고도 하지 않고 그곳에서 이야기가 시작되었다.

검은 로브를 뒤집어써 얼굴 위쪽 절반을 가린 그녀가 아코에게 말한 내용은 마법사는 모두 '마녀협회'라는 조직에 이름을 등록한다는 것, 아코의 부모님이나 아코도 예외가 아니라는 것, 협회에서 부모님의 장례를 거행한다는 것. 아코를 고아로 받아들인다는 것 등이었다.

그리고 그녀는 협회 본부 직원이며, 가족을 잃은 아이들을 거두어들여 길러내는 '교육 담당자' 올리비아라고 이름을 댔다.

"……고아라 말이지?"

그 말에 무언가 마음에 걸렸다.

그 말 자체 때문이 아니다. 그 말을 내뱉은 '교육 담당자'의 어투 그 자체에 문제가 있었다.

"즉 자선사업이 아니란 뜻이네? 우수한 아이는 마법사들이 발전하는 데 필요한 도구로 사용하겠다는 속셈이야?"

"그렇구나. 바보는 아니었네?"

──누굴 놀리나.

코웃음 치는 올리비아를 보면서 아코는 일이 영 재미없게 돌아간다는 생각이 들었다. 자신의 앞날이 마음대로 정해지는 것도, 자신에게 가치를 매기는 것도 썩 유쾌하지 않았다.

일이 재미없게 돌아간다면──.

자신이 할 일은 정해졌다. 이야기를 듣는 자세를 유지하면서 아코는 동시에 그녀를 관찰했다. 올리비아의 말투는 차분했고 아코처럼 부모를 잃은 아이들에 대한 대처에 익숙한지 그 모습에서 동정하거나 연민하는 기색을 엿볼 수 없었다.

하지만.

동시에 올리비아는 경계하지 않았다.

아코는 주머니에서 끈을 꺼내 뒷짐을 지고서——.

"——전진."

주문을 외우며 끈을 세게 쥐자 끈이 구렁이로 변했다.

뱀은 아코의 등 뒤에서 튀어나오더니 올리비아를 집어삼키려고 입을 쩍 벌리고 날아갔다. 올리비아가 다급히 지팡이를 들었지만, 그렇게 둘 순 없지!

아코는 보석을 던졌다. 죽은 엄마의 액세서리 케이스에서 은근슬쩍 실례한 그것은 시제품이기는 했지만, 사전에 계산한 대로 효과를 가져왔다. 겨냥한 대상에게서 마력을 흡수하는 마법 도구. 곧장 그 효과를 깨달은 올리비아는 얼굴에 먹구름이 드리워진 채 위험해지기 전에 지팡이 끝으로 튕겨냈다. 강제로 마력을 흡수당한 불쾌한 감각에도 비명조차 지르지 않는 모습에서 보통이 아니다 싶었다. 하지만 그 탓에 올리비아의 지팡이에서 마법이 흘러나오는 일은 없다!

쓰러뜨릴 수 있을 듯했다.

——하지만 그 방심이 화가 되었는지.

"윽."

아코는 무심코 인상을 찌푸렸다.

올리비아의 마법 지팡이는 '평범한' 것이 아니었다. 손목을 도로 내밀어 지팡이를 한 번 휘두르자 나타난 날카로운 검이 구렁이를 찔렀다.

"비겁한 인간!"

"누가 할 소리지?"

소드 스틱(지팡이 속에 검이 들어 있는 무기)은 금시초문이다. 구렁이를 찌른 올리브의 칼끝은 그길로 구렁이가 있던 공간으로 직진하더니——.

아코의 미간 앞에서 멈췄다.

"더 해볼래?"

질문을 받고.

아코는 순순히 양손을 들었다.

"네에네에. 저항할 마음도 없어졌어요. 마녀협회의 고아원이든 어디든 마음대로 데려가 주세요, 라고 하고 싶지만."

그렇게 되진 않을 거라며 눈을 치켜뜨고 올리비아를 쳐다보았다.

올리비아의 눈썹이 일그러졌다.

"보통 마법사는 지팡이를 사용하지 않고 마법을 부릴 수 없지."

"흐음."

아무렴. 자신의 의사가 또렷하게 전달되었다는 사실에 아코는 빙긋이 웃어 보였다.

공격에는 아코라는 존재의 특별함을 깨닫게 할 의미도 담고 있었다. 다른 고아에게는 없는 희귀한 특기가 이 아이에게는 있다고 판단하게 하는 것. 그 결과가 이겨서 도망친 거라면 만점이었겠지만, 이 결과로도 합격점은 나올 거다.

조금 강압적이기는 했으나 이것은 교섭 상대에 대한 프레젠테이션이라고 할 수 있다.

"게다가 조금 전의 보석은 뭐지? 기묘하게 가공한 것 같던데? 무슨 짓을 한 거야?"

"후후훗."

아코는 등을 꼿꼿하게 세우고 되도록 나지막하게 말했다.

"그뿐만이 아니야. 나한테는 그것 말고도 교섭할 무기가 있어. 걸맞은 대우를 해준다면 협회에 기술도 흔쾌히 제공해줄 수 있는데?"

"그 판단은 내가 아니라 마녀협회 본부에서 내릴 거야. 다만——."

다만.

"수상한 마법사에게는 조금 큰 값을 치르더라도 튼튼한 족쇄를 채우고 싶어 하겠지."

아코는 자신을 '고아'가 아니라 '마법사'라고 불렀다는 사실에 우월감을 어렴풋이 느꼈다. 요컨대 가계약이 체결되었다는 뜻이다.

아코는 그녀를, 어른에 비하면 아직 낮은 시선으로 올려다보았다.

"올리비아, 잘 부탁할게."

그 인사에.

올리비아는 꼬마 마법사를 내려다보면서 이렇게 대답했다.
"교육 담당자라고 불러."
정강이를 걷어찼다.


시조님에 의한 마법의 제약을 받지 않고, 지팡이를 사용하지 않고서도 마법을 부릴 수 있는 등.
그런 능력을 가진 아코를 마녀협회 본부 사람은 기묘한 존재라고 판단했다. 애초에 '시조님의 가호' 따위를 모두가 믿고 있는 게 어리석다고 아코는 생각했지만, 그에 입을 다물고 있을 만큼의 사리분별은 있었다.
또한 마력량도 평범한 마법사보다 많은 모양이었다. 아빠와 엄마는 일반적인 마법사였다고 협회 기록에 남아 있었으니, 갑작스러운 이변 때문이거나 배 속에 있던 자식에게 마법사로서의 상식을 가르치지 않은 채 낳은 부모님의 소홀함이 원인이었으리라고 본다. 아니면 엄마가 다른 우수한 마법사와 부정을 저질렀거나. 이제 와선 아무래도 상관없지만.
마녀협회의 판단이 내려질 때까지 날이 오래 걸리지 않았다.
역시 협회 심부름꾼으로 아코를 찾아온 올리비아는 현관으로 들어오자마자 아코에게 "너한테 임무를 맡길게"라고 말했다.
"마법사 안젤리카를 호위하는 일이야."
한 여성의 이름.
"호위라고?"

"그녀 일가는 대대로 특수한 체질을 지니고 있어. 본부 마법사 중에서도 일부밖에 모르는 극비 '체질'이야. 넌 늘 그녀의 근처에 머물며 비밀리에 그녀를 지키도록 해."

"체질이라."

아코는 올리비아의 말을 되풀이했다.

"그 체질은 뭐고, 숨겨야 할 필요가 왜 있는 거지?"

"알려지면 공격 대상이 될 테니까."

"누구한테서?"

"마법사한테서."

올리비아의 말투는 씁쓸하면서도 퉁명스러웠다.

동료들로부터 공격 대상이 된다. ——동료 간의 적대 관계.

그건 동족상잔으로 수치스러운 일이다.

"안젤리카 일족이 가진 건, 대단히 가치 있고 희귀한 '체질'이야. 그게 밖으로 드러나면 그 '체질'을 돈벌이나 실험에 이용하려는 녀석들이 접근할 거야. 하지만 그건 용납할 수 없어. 그녀들을 지켜야만 해."

그 설명을 듣고 거두어들인 지 얼마 안 된 아코를 굳이 그런 중요한 사람의 호위에 이용하려고 판단한 이유를 알 수 있었다.

첫 번째로 마녀협회 내부의 사람에게는 이미 누군가의 입김이 닿았을 가능성이 있기에 고용하는 데 시간이 걸린다는 점. 두 번째로 아코가 호위자로서 펼칠 활동을 기대할 만한 힘을 가지고 있다는 점. 세 번째로 만약 안젤리카 여사를 적이 습격하더라도 적이 아코를 위협으로 간주할 염려가 적다는 점.

——네 번째로. 적이 습격한 결과, 고아가 목숨을 잃는다 한들 마녀협회 본부에서는 특별히 곤란하지 않다는 점.

"한 가지 질문할게."

"뭐지?"

"얼마 전에 난 나를 수용하러 온 올리비아를 공격했어. 그런 존재를 귀중한 인재의 가까운 곳에 호위자로 두는 위험성은 고려하지 않아?"

"그럼 뭐지. 넌 도망치기 위해 안젤리카와 그 주변 사람들을 모두 때려눕히고 도주해, 관계자 모두——마녀협회 본부의 총 세력을 적으로 돌려 이 세계에서 쫓겨 다니며 숨죽여 살아가겠다는 거야? 아무리 '그런' 마법을 사용할 수 있더라도 본부가 보낼 여러 마법사를 상대하는 건 버거울걸? 넌 어리석은 선택을 내릴 마법사는 아닐 텐데?"

올리비아의 시선은 상당히 차가웠다. 내용은 아코의 역량을 어느 정도 높이 사고 있다는 것이었지만, 칭찬이 아니라 뻔한 사실을 말하는 아코에게 질렸다는 투였다.

아코는 대답할 말을 찾지 못했고, 올리비아는 손을 가볍게 흔들었다. 순간적으로 경계했지만, 단순히 '화제를 바꾸겠다'는 의미인 것 같았다.

"얼마 전에 안젤리카의 혼인이 정해졌어. 결혼한다는 건 머지않아 아이가 생긴다는 뜻이지. 그 '체질'을 아이도 물려

받을 거야. 넌 안젤리카의 양녀가 되어 그녀의 딸로서 그녀의 곁에서 비밀리에 그녀를 지키면 돼."

그렇다면 그녀 일족의 '체질'이 뭐냐 하면.

누가 듣고 있지도 않은데 아코의 귓가에 대고 올리비아는 말했다. 그 목소리가 나지막했다.

"그건 바로 '광석증'이야."


살던 집을 다른 사람에게 넘기는 바로 그날, 근처에 살던 아이가 아코를 만나러 왔다.

소꿉친구 중에서도 가장 친했던 아이로, 형제가 없던 아코에게는 마치 남동생 같은 존재였다. 놀이도 장난도 싸움도 실컷 했다.

"이거 줄게."

그런 그에게 아코는 보석과 관련된 책 한 권을 주었다.

──자신이 마법사라는 사실을 이제 와서 밝힐 생각은 없었다.

하지만. 언젠가 그가 자신을 찾을지도 모른다는 생각이 들어서── 그래서.

어째서 아코가 그 책을 그에게 맡겼는지 언젠가 그는 생각해볼 거다. 그때 보석을 조사해준다면. 마법사 특유의 광석증이라는 '체질'에 도달한다면.

그때는.

아코의 '남동생'은 아코를 가만히 바라보았다. 잿빛 눈동자가 아코를 비췄다.

"이제 못 만나?"

그는 어떤 대답을 바랐을까?

다만 그의 바람을 고려할 필요도 없이 그녀의 대답은 정해져 있었다.

"다시 꼭 만나자."

다시 만나자, 귀여운 내 동생.

자산가의 귀한 어린 장남.

장차 그는 가독을 이어 큰 자산을 얻게 될 것이다.

그때는. 아코는 속으로 웃었다.

그때 그는 자신의 근사한 서포터가 되어줄 거다──.


──하지만 그 계획은 어긋나게 되었다.


3


사람의 동작에는 대개 누구에게나 습관이라는 게 있어서, 문을 여는 법 하나도 다른 법이다.

같은 저택에 고용된 시중들 한 사람 한 사람도 다르다. 자넷은 다른 사람보다 노크를 빨리하고, 모니크는 대답해도 문을 어지간히 열지 않는다. 나디아는 콧노래를 흥얼거리며 걸어오기 때문에 문을 두드리기도 전에 알 수 있다……
시중은 아니지만, 작법 교과서에 실려 있을 법하게 모범적으로 노크를 하는 사람은 어머니인 안젤리카였다.

　살기 시작한 지 열흘이 지나자 머릿속에 거의 다 들어왔다.

　하지만 그 열흘째, 자신의 방 소파에서 책을 읽던 아코──프랑소와즈──애칭 팡숑이라는 이름을 마녀협회에서 하사받은 그녀는 그때까지 기억하던 것과 다른 노크 소리를 들었다.

　"들어오세요."

　누구지? 낯선 그 소리에 신중히 대답했다.

　팡숑의 시선 끝에서 문이 천천히 열렸다. 얼굴을 드러낸 사람은──.

　"어때 사는 건?"

　"올리비아?"

　마녀협회 본부에서 보낸 심부름꾼, 교육 담당자 올리비아. 팡숑에게 이 저택의 일을 알선한 그 사람. 팡숑의 반말에 익숙해졌는지 "교육 담당자라고 불러"라고는 더 이상 말하지 않았다.

　어쩐 일이야? 하고 건너편 소파에 앉으라고 권했다. 올리비아가 앉는 것을 확인하고 나서 물었다.

　"뭘 경계하고 있었어?"

　"누구긴 너지. 문을 연 순간 침입자를 박살 낼 덫을 놓았다고 해도 이상할 거 없잖아."

　"실례야."

　그런 짓을 했다가 올리비아가 아닌 다른 사람이 덫에 걸렸다면 어떻게 될까.

애초에 안 지 얼마 안 된 상대를 그렇게 평가하는 건 실례가 아닐까 싶었지만 처음 대면했을 때부터 올리비아는 팡숑에게 호의적인 모습을 보인 적이 없다는 사실에 마음을 고쳐먹었다. 그리고 상대에 대한 올리비아의 태도에 대해서는 피차 남의 말을 할 처지가 아니라고── 아니, 처음 대면했을 때 기습한 내가 잘못했나.

다만 진지하게 생각해봤자 시간 낭비일 뿐이다. 그래서 팡숑은 그 일을 잊어버리고 올리비아가 던진 첫 질문에 대답하기로 했다.

이 집에서 살아가는 소감.

"그럭저럭. 적어도 나쁘진 않아."

"그건 그렇겠지. 마법사 안젤리카의 저택이니까."

안젤리카라는 사람은 마법사 중에서도 나름대로 지위가 있는 걸까. 정확하게는 그녀를 포함한 일족이라고 해야 하나?

넓은 부지에 있는 커다란 저택. 식당이나 주방, 응접실, 창고, 개개인에게 배정된 방 등 대부분 장소는 외웠지만, 정확한 배치까지는 완전히 파악하지 못했다. 호위하는 사람으로서 일하는 데 꼭 필요한 지식이기에 얼른 머릿속에 집어넣고 싶었다.

가능하다면 여기저기 관찰하고 싶지만, 팡숑은 이 저택에 막 살기 시작했기에 다소 거부감이 들었다. 이곳저곳 둘러보며 다니는 것은 아직 꺼려졌다.

그런 팡숑의 미묘한 심정을 헤아린 것은 아니겠지만 웬일인지 올리비아가 배려하듯이 말했다.

"안젤리카랑은 잘 지내고 있어?"

"응."

즉시 답했다. 거기에 거짓이나 위선은 없었다.

"그 사람 꽃을 좋아하더라고. 뜰에서 종종 꽃을 손질하더라. 물 마법을 사용해서 꽃에 일제히 물을 줬더니 '엄청난 마법이네'라며 웃어줬어."

"광석증을 가진 사람은 그 '체질'에 대부분의 마력을 소비하니까, 평생 보통 마법을 쓸 수가 없어. 마법을 가까이에서 보는 게 즐겁겠지. ……다니엘은?"

"다니엘 님은 나랑 안젤리카 님이 꽃을 가꾸는 모습을 보고 '안젤리카를 빼앗긴 것 같다'며 삐지더라고. 하지만 그 사람도 좋은 사람이더라. 밤에 내가 뜰을 보고 있으니깐, '다른 사람한테는 비밀'이라며 몰래 초콜릿을 주더라고."

"홋. 그 사람답네."

"내 새엄마 새아빠는 정말 좋은 사람이야. 여긴 꽤 재미있는 곳인 것 같아."

그건 진심이었다.

하지만 어째서인지 올리비아는 인상을 찌푸렸다. 비아냥 댄 것도 가시 돋친 말을 한 것도 아니었는데 말이다.

말실수했다는 걸 바로 알아차렸다. "아" 하고 목소리가 나왔다.

"아니, 친부모님도 좋은 사람이었어. 그런데."

오해라고 말하고 싶었지만, 말을 하면 할수록 수렁에 빠지는 듯해서 팡슝은 입을 다물었다.

아무 말 없이 잠시 생각하다가.

"올리비아, 잠시 시간 돼?"

말보다 보여주는 편이 빠르다. 팡슝은 소파에서 일어나 올리비아를 재촉했다. 의아한 표정을 지었지만, 그녀도 일어났다.

보여주고 싶은 것은 방구석에 있었다. 책상 옆, 스툴 의자나 책을 최대한 부자연스럽지 않도록 쌓아 입구에서는 가려지게끔 해서 팡슝은 '그것'을 그곳에 놓아두었다. 위에는 베이지색 천을 덮어 언뜻 봐서는 그것이 무엇인지는 알 수 없었다.

예상대로 올리비아는 의아해하는 표정을 지었다. 턱으로 가리키며 "봐도 돼"라고 답했다.

올리비아는 천 끝자락을 잡아 스윽, 들어 올리더니──.

"이건."

내용물을 본 순간 침을 꿀꺽 삼키는 것을 알 수 있었다.

"수면 마법을 걸었어. 내가 일어나라고 말하지 않는 한 안 일어나."

그곳에 있는 것은──있는 사람은 한 여자였다.

검은 로브에 몸을 감싸고 팔다리를 늘어뜨린 채 의식을 잃은 상태였다. 그녀가 그저 잠들어 있을 뿐이라는 걸, 저런 상태로 만든 팡송 자신이 잘 알고 있었다. 이 저택에서 본 적 없는 얼굴.

"오늘 이른 아침에 저택을 들여다보고 있더라고."

이상한 생각이 들어 말을 걸었더니 갑자기 "들킨 이상에 는──!"이라고 말하며 지팡이를 겨누었기에 마법을 강력하게 빨아들이도록 가공한 보석을 두세 개 정도 획획 던졌더니 그녀는 비명을 지르며 얼마 지나지 않아 마력을 빼앗기고 의식을 잃었다.

하지만 팡송으로서는 공격하고 싶어서 한 게 아니었다. 새로 만든 마법 도구의 위력을 살짝 시험해보고 싶었다거나 하는 그런 의도 없이 상대가 공격해 왔기에 어쩔 수 없이 대응했다고 할까, 그러니까 이건, 그래, 어디까지나 정당방위의 결과다. 그녀를 내려다보면서 끝까지 그런 생각을 했다.

"단순히 물건을 훔치려고 했을까? 이 집은, 이 일족은 광석중을 빼고도 노릴 가치가 있는가 보네?"

"……나 원 참. 경비는 뭘 한 거지?"

"내가 경비보다 먼저 잡은 건 우연이야. 내가 안 잡았으면 경비가 뛰어왔을 거야."

경비를 감싸겠다는 의도 없이 단순히 사실을 전달했을 뿐이었다. 하지만 올리비아의 표정이 노골적으로 '납득할 수 없다'고 말하고 있었기에 한마디 더 보탰다.

"아니, 마법 실험재료가 필요했거든."

"관둬."

올리비아의 얼굴은 명백하게 불쾌함을 드러냈다.

"동료의 보복을 고려한다면 그런 이용 방법은 달갑지 않아. 이쪽에서 적절하게 처분할 테니 나한테 넘겨."

"뭐 상관없어. 그런데 대신 뭔가 줘야 할 것 같은데?"

"……책이라도 마련해주면 될까?"

분명 그것도 매력적인 제안이었지만.

이 저택에 온 지 열흘, 늘 부족하다고 생각하던 게 있었다.

"것보다 이것저것 감출 장소가 필요해. 생각난 마법을 실험해보고 싶은데, 위험한 건 되도록 숨기고 싶어. '아버지'랑 '어머니'와 시중들에게 괜히 걱정 끼치고 싶지 않거든."

"그럼 네 방 책장 안에라도 공간을 만들면 되잖아. 도와줄게."

"그거 괜찮네!"

솔깃한 제안이었다. 교환 조건으로써는 부족하지 않았다.

책장 제일 아랫단에서 책을 조금씩 빼서 이 안에 공간을 만든다. 겉으로는 알 수 없도록 주의를 기울이며 실험도구나 성과물을 보관하기에는 아주 충분할 만한 넓이를 확보할 수 있도록.

둘이서 이런저런 시행착오를 겪는 동안에──.

"날 낳아준 부모님도 나쁜 사람은 아니었어."

불쑥.

무의식중에 팡숑의 입에서 그런 말이 새어 나왔다.

책장을 바라보고 있던 올리비아의 시선이 이쪽으로 향하

는 것을 알면서도 팡슝은 눈을 맞추지 않았다. 책장 아랫단을 보는 것처럼 고개를 숙인 채 이어서 말했다.

"다만."

떠올랐다. ──사고로 허무하게 죽은 부모님이.

많은 마력을 소유하지 못한 채 시조님의 가호를 믿고 하루하루를 평온하게 보내는 흔하디흔한 일반적인 마법사. 그게 아코의 부모님이었다.

"지극히 평범했지."

그게 나쁘다는 건 아니다. 그 또한 마법사의 삶의 방식이다. 혹은 그들의 처지에 걸맞은 삶의 방식이라고 해야 할까.

하지만.

"……나는 친부모 밑에서 부모님처럼 특출한 게 없는 마법사로, 그들의 자식으로 살았어. 친구에게는 마법을 숨기고 평범한 아이로 살았지."

하지만.

그것은 약간, 조금, 아주 조금──.

──갑갑했다.

"지금. 지팡이를 휘두르지 않고 마법을 사용하고 특수한 도구를 사용해 저택을 들여다보던 수상한 놈을 잡았다고 날이단이라 말하는 사람은 없어. 지식을 얻고 새로운 마법을 받아들여 발현하는 것도 허용될 거야. 그게."

이번에야말로 오해를 사지 않도록 적당한 말을 골랐다.

부모님이 싫었던 건 아니다. 이곳의 삶에 익숙해진 것도 아니다. 그래서 모든 것을 올바르게 평가할 수 없지만, 적어도 이, 비밀을 담은 책장에 있어서만큼은.

"비교적 즐거워."

긴 팔을 원하는 만큼 뻗을 수 있다니 얼마나 기쁜 일인가.

다만——.

올리비아는 내 뜻을 올바르게 받아들였다. 즉, 팡숑의 말은 어디까지나 '비교적'이며 즐거운 마음이 다가 아니라는 사실을 말이다.

잠꼬대 한마디 하지 않고 누워 있는 마법사를 보며 올리비아는.

"이 여자."

"응?"

"이른 아침에 잡았다고 했지?"

"응."

그 말에 거짓은 없었다. 고개를 끄덕였다.

"밤에 뜰을 보고 있을 때, 다니엘이 초콜릿을 줬다고 했지?"

"응. 그런데 왜?"

밤에 단 걸 먹지 말라든가, 이를 꼭꼭 잘 닦으라고 아이에게 할 법한 소리를 하면 걷어차 버릴 테다, 생각하며 물어봤다.

하지만 이어진 것은 그런 말이 아니었다.

짧은 질문이었다.

"안 졸려?"

─.

팡숑은 헤헤, 하고 웃었다. 스스로도 무언가를 얼버무린다고 생각했다.

"가끔. 그래도 괜찮아."

그것도 언젠가 익숙해질 테다.


4


"올리비아."

"교육 담당자님이라고 불러."

"내가 순순히 부를 것 같아? 망할 담당자님. 너 내가 싫지?"

팡숑이 열세 살 생일을 맞이한 해의 어느 날. 계절은 긴 겨울의 끝을 알릴 무렵이었다.

마법사 안젤리카와 나누는 정기 보고가 아닌 다른 일로 저택에 찾아온 교육 담당자 올리비아를 만나자마자 팡숑은 힘껏 발차기를 날렸다. 처음 만난 날로부터 3년 정도가 지났지만, 팡숑의 키는 여전히 어른에 미치지 못했다. 마법으로 강화한 것도 아닌 단순한 발차기를 올리비아는 거뜬히 피했다.

노려보았지만 올리비아는 이쪽을 보지 않았다. 안젤리카에게 보고서로 건네받은 서류 다발을 훑어보면서,

"왜 그렇게 생각해?"

"네가 꺼낸 맞선 이야기가 상식 밖이라서 그러지!"

당연한 사실을 물으니 가뜩이나 아량이 넓다고 할 수 없는 팡숑의 마음은 한계에 쉽사리 도달했다. 안젤리카와 팡숑 일가의 집, 뜰을 내다볼 수 있는 복도에서 성량을 죽인 팡숑의 나지막한 으르렁거림은 울려 퍼지지 않고 사라졌다.

마법사 안젤리카는 팡숑의 어머니——정확하게는 양어머니——로서 잘 대처해주었다. 그리고 팡숑 또한 호위로서의 일 말고도 영예로서의 행동거지나 공부, 마법, 작법을 열심히 익혔다. 원래부터 머리 회전이 빠른 편이었기에 가정교사에게 받는 수업도 딱히 버겁지 않아 교사에게도 "영리한 아이"라고 칭찬을 받을 정도였다.

3년 전에 시작된 '팡숑'으로서의 생활은 그렇게 특별한 문제 없이 지나가고 있었지만——.

어느 날 안젤리카가 "너한테도 슬슬 약혼자가 필요하겠네"라고 말하는 바람에 팡숑과 올리비아에게 작은 소동이 벌어졌다.

안젤리카의 발언을 들었을 때 팡숑은 거의 쓰러지기 직전이었고, "그렇네"라고 대답하며 이를 악물고 웃음을 참는 올리비아의 표정은 언급할 필요도 없었다. 팡숑은 올리비아를 나중에 걷어찼다.

다만 팡숑도 지식으로서는 알고 있었다. 마법사의 마법 재능은 대부분이 핏줄로 정해진다. 평범한 마법사에게서 아코가 태어난 것과 같은 갑작스러운 변이도 간혹 있지만, 마력이 풍부한 마법사끼리 하는 결혼이라면 대부분 그것을 물려받은 아이가 태어난다. 그래서 명문가의 마법사는 이 상적인 혼인 상대를 일찌감치 확보해둔다고 한다.

따라서 이 발언도 안젤리카에게 있어서는 지극히 당연했 다. 그리고 팡숑은 이 집의 양녀라고는 하지만 딸이기에 그 관습을 따르는 것이 도리였다. 거기까지는 팡숑도 간신히 납득했다.

또한 팡숑도 안젤리카와는 다른 이유로 약혼자라는 존재 를 가지는 게 나쁘지만은 않다고 생각했다.

하지만──.

하지만.

정신줄을 놓으면 패배다. 팡숑은 숨을 훅 내쉬어 이성을 되찾았고 올리비아를 다시 쳐다보았다. 팡숑의 맞선 상대 를 주선하는 사람은 물론 마녀협회 본부에서 보낸 심부름꾼 인 올리비아였다.

"이 일족은 '체질'을 빼더라도 대단히 좋은 집안이야. 인연 을 맺고 싶어 하는 사람이 꽤 있지. ──첫 번째 후보는 늙 어서도 여전히 권력을 놓지 않은 영감탱이. 두 번째는 '내가 이 집의 사위가 된다면 협회 안에서 우리 엄마의 지위도 안 녕하겠지'라는 말을 태연하게 하는 마마보이. 만약 내가 눈 이 뒤집혀서 둘 중 하나를 선택했더라면 어쩔 셈이었어? 이 집은 머지않아 몰락하고, 내 양어머니이자 너의 다정다감한 절친은 녀석들이 구워삶기 좋은 장난감이 될지도 몰라."

마녀협회 본부의 심부름꾼인 올리비아에게 있어서 그건

순순히 듣고만 있을 수 있는 이야기가 아니었을 테다. 하지만 그럼에도 그녀는, 그녀의 눈동자는 흔들림이 없었다.

짙은 검정색은 심기가 불편한 팡송을 응시한 채 주눅 들지 않았다.

"무슨 소리야? 너 정도 되는 녀석이 그런 인간을 남편으로 받아들일 리가 없잖아?"

"내가 거절할 걸 예상해서 일부러 덜떨어진 인간들을 소개해주는 게 더 열 받는다는 거야. 망할 담당자야."

올리비아는 올리비아 나름대로 팡송의 안목과 실력을 높이 사고 있었다. 무언가 꿍꿍이가 있다면 틀림없이 간파해낼 테고, 만약 상대에게 약혼을 강요받는다고 해도 그것마저 받아칠 테다. 실제로 팡송은 두 건의 맞선 모두 다 그들의 결점을 실컷 지적하여 혼담을 깨버렸다.

어쩌면── 문득 생각했다. 그 두 사람과 그 뒤에 있을 일족은 마녀협회 본부와 가까운 지위에 있는 마법사와 인연을 맺을 기회를 쭉 노리다가 이미 다른 곳에서 무슨 짓을 저질렀을지도 모른다. 본부와 올리비아는 그런 그들에게 따끔한 맛을 보여주려고 일부러 팡송과 맞선 자리를 마련하여 호되게 거절당하게 했을지도 모른다.

그럴 법한 이야기다. 혀를 찼다.

"시시한 맞선을 보는 동안에 내가 연구를 얼마나 진행했을 것 같아? 내가 얼마나 새로운 마법을 만들어냈을 거라고 생각해?"

팡숑이 원래 가지고 있던 마법 재능은 안젤리카의 양녀가
되고 나서부터 더욱더 늘었다. 학문을 가르치는 우수한 가
정교사가 붙어 있다는 점이나 마법을 아는 환경과 배우는
환경이 갖춰져 있었기 때문이다.

시조님이 이렇다는 둥 저렇다는 둥 대륙 동부에서는 마력
이 약해진다는 마법사의 룰은 마법을 배우면 배울수록 마법
사들에게 단순한 제약에 지나지 않는다──마녀협회 본부
에 재적하는 한정된 소수의 마법사가 그 밖의 많은 마법사
를 통솔하고 따르게 하도록 마법사들에게 건 최면 같은 것
──는 사실을 뒷받침하였고 그 족쇄를 차지 않은 자신은
다른 일반적인 마법사보다도 마법이라는 힘을 자유롭게 다
룰 수 있었다.

그것은 호위자로서의 직무를 완수하기 위해, 안젤리카의
신변을 보호하기 위해서뿐만 아니라 자신의 지적 호기심을
충족하기 위해서이기도 했다. 순수하게 즐거웠다. 그런데
시답지 않은 인간을 만나기 위해 그 시간을 낭비하다니, 이
얼마나 무익한 일인가!

햇빛이 비쳐 드는 복도를 계속 걸어가면서 올리비아는 다
시 한번 넘겼다.

"안심해. 다음에는 진짜야. 진지하게 골랐어."

"지금까지는 장난이었다는 걸 인정하네. 빌어먹을 담당자."

"장난 아니야. 그냥 괴롭힌 거지."

역시 발차기는 먹히지 않았다.

올리비아가 지금 가지고 있던 서류는 모두 안젤리카로부터 받은 보고서라고 생각했는데, 아무래도 아닌 모양이었다. 서류 다발 속에서 몇 장을 빼내더니 그것을 팡숑에게 내밀었다. "다음 사람이야"라며 내민 서류에는———.

"내 비장의 무기지."

그곳에 적힌 소년의 이력은 분명 요전번의 두 건과 성질이 달랐다.


그 두 사람은 용납되지 않는 사랑을 하여 도망치다시피 서남대륙으로 건너가 이윽고 아이를 출산해 기르지만, 행복한 나날은 그리 오래 가지 않았다. 아내 일족이 보낸 추격자에게 잡히자 함께할 수 없다는 이유로 죽음을 택했다. 아이는 살아남았고, 사내아이였지만 엄마의 피를 짙게 물려받았는지 보유한 마력의 양이 놀라웠다. 하지만 아이의 존재 자체를 수치로 여긴 일족은 그 존재 자체를 꺼리며 거두어들이는 것조차 거부했다. 마녀협회는 그 아이를 고아로서 데려다 키우기로 했다…….

……협회가 그 점을 어떻게 설명했고 그가 어떻게 이해했는지는 알 수 없다. 어쩌면 아무것도 알리지 않았을지도 모르지만, 팡숑은 그의 생각을 들을 수 없었다. 다만 팡숑이 느낀 그의 첫인상은 생기 없는 눈이 무엇을 대하든 겁에 질린 것처럼 보였다.

본부나 올리비아의 교육은 엄격하다고 하니 당연하다면

당연한 일일지도 모른다. 또한 마법사는 여존남비의 경향이 짙은 집단이기에 성장 환경에서 어떤 부당한 대우를 당했다고 해도 이상하지 않다. 그 점은 상상하는 수밖에 없지만, 어쨌거나.

올리비아는 그를 '진짜'라고 불렀다. 즉 그에게는 안젤리카 일족에게 위해를 가할 이유가 없고 또한 그렇게 하게끔 만드는 얽매일 대상이 없다는 뜻이다. 그리고 물론 팡숑의 남편이 되어도 부족하지 않을 만큼 능력이 있다.

팡숑으로서도 안성맞춤이었다.

그래서.

"팡숑이라고 불러줘."

"팡, 숑."

"응. 잘하네."

자신이 유일한 구원자가 되리라 생각하며 그를 향해 웃어보였다.

그의 이름을 정확한 발음으로 불러주었다.

그가 바라고 있을 다정다감한 말을 해주었다.

그가 바라고 있을 온화한 시간을 가져다주었다.

그것은.

"같이 살아가자. 둘 다, 바라는 사람이나 바라는 삶의 방식이 나타날 때까지."

……그런 날이 올지 안 올지는 아무래도 상관없었다.

다만 그럼에도.

팡숑에게는 보험이 필요했다.

언젠가 자신이 대처를 잘못했을 때.

언젠가 자신이 경원시 되고, 목표물이 되고, 목숨을 잃었을 때의 보험으로서.

자신을 대신해 그녀들을 지켜줄 존재를——.


——하지만 그 계획은 틀어지게 된다.


5


그리고 여동생이 태어났고——.


*


"찾고 있었어."

"올리비아."

축하 선물이 끊이질 않고 도착하여 시중이 바삐 돌아다니자 아기가 탄생한 이후 늘 행복에 겨워 울던 아버지 다니엘이 "방해도 정도껏 돼야지"라며 선물을 창고에 처박아두었다.

수상쩍은 그림자도 없고 평화롭지만 시끌벅적한 하루하루. 야옹야옹 하는 고양이 같은 목소리가 빈번하게 울려 퍼지던 저택 안에서 팡숑은 그날 무엇을 하고 있었나 하니——.

뜰에서 꽃을 바라보고 있었다.

따스한 햇볕 속에서 꽃이 피고 나비가 날아다녔다. 축하하러 온 손님에게 인사를 하기 위해 팡숑은 정장인 검은색 로브를 차려입고 있었지만, 땅 위를 어슬렁대고 있었기에 옷자락 일부가 색이 변해 있었다.

그것을 본 올리비아는 노골적으로 인상을 찌푸렸지만, 잔소리를 듣기 전에 얼른 정원에서 복도로 돌아가 그녀를 맞이하는 인사를 했다.

"어서 와. 올리비아. 평소에 늘 바쁘다고 난리더니 용케도 왔네? 실은 한가한 거 아냐?"

"겨우 짬이 나서 잠시 달려온 거야. 한 시간도 못 있을 것 같으니 괜히 번거롭게 하지 마."

"어쩔 수 없어. 방에 있으면 날 배려하느라 시중들이 오니까."

"배려하다니?"

의아한 듯이 반복해서 말하는 올리비아에게 팡숑은 고개를 살짝 끄덕였다.

"모두가 아기에게 정신이 팔려 내가 외롭지 않을까 해서 말이야. 언니는 영리하지만, 아직 어리고 유감스럽게도 입양아니까 소외감을 느끼지 않을까 하는 거겠지. 그런 생각들이 똑똑히 전해져."

"상냥하네. 감사히 여겨."

"너무 상냥하다 못해 넘쳐나서, 거기에 빠져 죽겠어. 책도 집중해서 못 읽겠어."

그때 시중 두 사람이 큰 꾸러미를 끌어안고 이쪽을 향해 걸어왔다.

올리비아의 로브를 잡아당겨 복도 가장자리로 자리를 옮겼다. 시중은 감사 인사를 하면서 지나갔다. 그녀들이 안고 있는 물건은 꽃이거나 한 듯했다. 보낸 이로는 팡송의 약혼자인 소아란의 이름이 적혀 있었지만, 그의 필적이 아니었다. 굳이 따지자면 올리비아의 글자와 비슷했다.

"올리비아도 보지 그래? 아기 말이야. 클루."

"인사는 이미 했어. 넌 어때?"

"귀청이랑 머리가 터질 것 같아."

온 방에 가득 찬 아기의 울음소리를 떠올리고 인상을 찌푸렸다.

이 저택에 와서 수많은 지식을 쌓았지만, 말을 걸어도 대답도 없고, 깨서 울기만 하다가 잠드는 말랑말랑한 생명체를 어떻게 대해야 하는지는 여전히 알 수 없었다.

갑자기 얼굴을 시뻘겋게 물들이며 울기 시작해서 안아서 흔들어주다 소리가 줄었다 싶으면 입을 반쯤 벌리고 잠들어 있다. 침도 흘린다. 배설도 한다. 그리고 다시 운다. 대체 무슨 생각으로 저런 행동을 하는지 이해하기가 힘들지만, 당사자는 설명도 해주지 않거니와 말해주지도 않는다.

올리비아는 재미있다는 듯이 웃었다.

"별일이네. 널 겁주는 사람이 있다니."

"그게 인간이라면 겁나진 않겠지. 내가 보기엔 아기는 인간이랑 다른 생명체일 거야. 미지의 대상이니까 두려운 거지. 게다가——."

게다가.

동생을 처음 봤을 때의 일을 떠올렸다.

"보석을 토했고 말이지."

팡숑의 고백에 올리비아는 눈썹 하나 까딱하지 않았다.

"나도 봤어. 역시 클루는."

"물론. 이어받은 거지."

팡숑은 웃었다.

광석증이라는 '체질'.

"그 '체질'을…… 그걸 쥐나 새한테 적용해서 보석을 대량 생산시키면 마법사는 지금과 비교할 수 없을 만큼 가공된 보석을 저렴하게 손에 넣을 수 있게 될 거야. 마법 도구로서 빼놓을 수 없는 보석을 스스로 만들어내다니 마법사에게는 정말이지 가치 있는 체질이야. 하지만 대체 어떤 구조인 거지?"

"이상한 꿍꿍이 품지 마, 절대로."

팡숑의 말투에서 묘한 열기를 느꼈는지 찬물을 끼얹듯이 올리비아가 말했다.

"설마. 역시 그렇게까지 무모하지도 않고, 설령 지금 그 아이의 배를 갈라도 광석증은 현대 마법사의 기술로는 완벽하게 분석할 수도 없어."

팡숑은 현대 마법사의 기술과 지식의 한계를 알고 있다.

애초에 광석증이라는 마법의 존재조차 마법사 사이에서는 일종의 전설로 취급받았고, 실재한다는 걸 아는 건 협회 본부 사람이나 가까운 연구소 직원 정도다. 만약 이 체질에 관해 연구하고 싶다면 분석이 가능해질 만큼 기술이 발전할 미래까지 광석증을 이 세계에 계속해서 존재하게 해야 한다. 즉, 클루를 건강하게 살아가게 하는 게 무엇보다 필수였다.

그렇지 않더라도 호위자로 고용된 이상 그녀의 신변의 안전을 최우선시해야 했다. 그 정도는 따질 수 있을 만큼 사리분별은 한다.

그렇게 대답하자 올리비아는 어째서인지 흥, 하고 비웃는 듯했다.

"그 아이를 보고 네가 제일 먼저 한 생각은 역시 연구 대상이라는 거구나."

팡송의 성격을 숙지한 듯이 말했지만.

그런 건 아니었다. 팡송은 고개를 갸웃거렸다.

"아니, 사랑스럽다고 생각했는데? 평범하게."

"……."

"뭐야, 그 표정은."

"너한테도 아기를 사랑스럽다고 여기는 감성이 있었구나 싶어서 놀랐을 뿐이야."

지극히 실례였다.

"있거든? ……올리비아는 어때? 사랑스러운 것 같아?"

"남들과 비슷하게 생각해. 나한테도 자식이 있으니까."

이 또한 의외였다.

"그래?"

"내가 말 안 했던가? 너랑 닮은 자식이 하나 있어."

"금시초문이네."

그렇다고 해도 딱히 흥미가 생기지는 않았다. 열서너 살에 약혼자가 있어도 이상하지 않은 세계니, 그렇다고 해도 드문 일은 아니다. 다만 올리비아와는 이미 나름대로 적잖이 교류를 해왔는데 서로 모르는 게 아직 많다고 새삼스럽게 생각했다.

그리고 올리비아도 자신의 가족 구성원에 대해 상세히 말할 생각은 없는 듯했다. 일에 관한 이야기로 화제를 바꾸었다.

"소아란은 어때?"

요전번에 공식적으로 팡송과 약혼 관계를 맺은 소년의 이름을 말했다.

하지만 얼굴을 맞대고 이야기한 건 아직 몇 번밖에 되지 않는다. 할 말은 딱히 없지만, 그가 전도유망한 것만은 확실하다. 합격점을 줘도 된다 싶었다. 뭐니 뭐니 해도,

"처음 만났던 날, 마법으로 만들어낸 뱀으로 몸을 칭칭 감았는데도 도망 안 갔어."

"사이좋게 지내."

그렇게 지내고 있다.

"재미있는 사람인 것 같아. 개인적으로는."

"잘 다뤄."

"알아."

그렇다면 그는 팡숑의 가르침을 얼마나 이어받을 수 있을까.

뺨을 붉게 물들이고 응애응애 하고 우는 아기를 떠올렸다. 어머니가 품에 안고서 자장자장을 해주고 몇몇 어른들이 필사적으로 보살피자 마침내 울음을 그친 자그마한 모습.

그 방면의 책에서 봤지만, 신생아는 눈도 아직 보이지 않는다고 한다. 주변 환경을 알 리가 없다. 그런데도 뭐가 싫고 불쾌해서 필사적으로 도움을 요청하는 걸까. 아무것도 염려할 필요가 없는데.

그래, 괜찮아.

호위자를 찾은 올리비아도, 받아들인 안젤리카도, 세상에 태어난 클루도.

수단과 방법을 가리지 않고——.

"날 선택한 것만큼은 후회 안 하도록 해줄게."

보석에 사랑받은
소녀의 이야기
Housekihaki no Onnanoko

# 1

"잠시만."

"잠시만 기다려줄래?"

유키의 이야기가 일단락 맺었을 때.

스푸트니크가 의자를 박차며 일어난 것과 마법사 소아란
이 비슷한 말을 하면서 일어난 것은 거의 동시였다.

……

시선을 주고받으며 잠시 서로에게 양보하다가,

"우리 본가 재산이 목적이었어?!"

"날 회유하기 위한 감언이었어?!"

역시 동시에 외치고 만 두 질문에——.

유키는 단 한마디로 대답해주었다.

"그야 물론이지."

스푸트니크와 소아란은 자연스레 양손으로 얼굴을 감쌌다.

"이런 녀석이었구나."

"그래. 이런 녀석이었어."

이곳은 뷔알톤 시내에 있는 찻집이었다. 유키가 클루롤의
딸로서 이 도시에 있었을 무렵 종종 드나들었다고 한다.

가게에 들어선 스푸트니크 일행을 본 웨이트리스가 "어머
나, 다시 오셨어요?"라고 말했지만, 스푸트니크는 오늘 이
가게를 방문하지 않았다. 그렇다는 말은 유키나 마법사들
을 가리킨 말일 것이다. 그렇게 파악한 게 정답이었던 모양

이다. 고개를 끄덕인 유키가 "구석자리 한 번 더 빌려도 될까요?"라고 묻자 웨이트리스는 그에 흔쾌히 대답했다.

유키가 '구석자리'라고 부른 것은 개인실이었다. 중앙에 테이블 하나와 그것을 사이에 두고 마주 보듯이 의자 두 쌍이 있었다. 그곳에 웨이트리스가 가져온 의자 하나를 더해 다섯이서 자리를 차지했다. 스푸트니크의 왼쪽 옆에는 나츠. 건너편에는 마법사 소아란이, 비스듬히 앞쪽에는 마법사 일라쟈—— 그리고 남은 의자에는 유키가 앉았다. 갑자기 보충된 자리인데 유키는 마치 사회자라도 되는 양 당당하게 그 자리를 차지하고 있었다.

"너희 닮았어."

그 말을 듣고 고개를 들자 건너편에 자신과 똑같은 자세로 한탄하는 마법사 소아란이 보였다.

이 변태와 '닮았다'고 하는 뜻밖의 말에 인상이 구겨졌고, 건너편의 그도 마치 거울에 비친 모습처럼 표정이 일그러졌다. 같은 생각을 하고 있다는 건 상상하기 쉬웠고, 둘이서 동시에 말을 꺼내는 것또한 꺼려졌기에 이번에는 가만히 있었다.

모두를 둘러보았다. 나츠는 스푸트니크에게, 자신은 제삼자라는 듯이 어깨를 으쓱해 보였다. 일라쟈는 의미심장한 표정으로 고개를 숙이고 있었다. 소아란은 눈이 마주치자 아무 말 없이 턱을 가볍게 치켜들었다. 너부터 말하라는 건가.

이번에야말로 아무도 끼어들어서 말하지 않는다는 것을 확인하고서 스푸트니크가 입을 열었다.

"넌······."

하지만.

말이 끊어졌다. 그녀를 어떻게 불러야 좋을지 정하기 힘들어서였다. 예전에도 분명 같은 궁금증을 가지고 있었던 적이 있다.

"보석상회에서 재회했을 때랑 같은 표정을 짓고 있네?"

흥미롭다는 투로 유키가 말했다. 사람 속도 모른 채.

예전에 클루롤 보석상회로부터 유키를 스푸트니크 보석점 담당자라고 소개받았을 때. 하지만 그때는 유키도 마찬가지로 놀라워했다. 그때 먼저 놀라움이 가신 쪽이 스푸트니크였기 때문에 눈을 휘둥그레 뜬 유키에게 의기양양한 얼굴로 웃어줄 수 있었다.

다만 이번에는.

"네가 팡숑이었어?"

그녀의 말을 다 듣고 난 지금도 여전히 농담 같았다.

유키. 클루롤 보석상회의 스푸트니크 보석점 담당자로 예전에 고향에서 서로 장난을 치며 놀았던 이 누나가.

그러자 유키는 웃었다. 하지만 그것은 유키로서는 드문 표정이었다. 입술은 누그러들었지만, 미간은 찡그리고 있었고 한숨이라도 쉴 듯한 모습으로 "언젠가는 말하려고 했어"라고 말했다. 그런 표정을 짓고 싶은 건 이쪽인데 말이다.

하지만 그래서 한 가지 납득할 수 있는 것도 있었다.

"팡숑을 매장한 건 분명 너였어."

무슨 소린지 이해할 수 없었는지 유키는 눈을 깜박거렸다. 하지만 얼마 지나지 않아 깨달았는지 어깨를 으쓱했다. "들었구나" 하고 흥미로운 것을 보았다는 듯이 눈을 가늘게 떴다. 리아피아트 시에서 유키가 세실에게 했던 말이다.

"그래. 팡숑이 죽는 걸 승낙한 건 나였으니까."

"하지만 네가 사용하는 말치고는 묘하게 시적인 표현이잖아. 나는 그 소릴 듣고 네가 정말 살인을 한 게 아닐까 의심했어."

"어머 뭐야. 내가 그런 짓을 할 야만인으로 보였어?"

"너라면 그럴지도 모른다고 생각했, 아얏!"

테이블 밑에서 다리를 걷어차였다.

등을 구부리고 정강이를 어루만지던 스푸트니크에게 유키는 히죽히죽 꺼림칙한 미소를 지었다. 그 미소를 보니 틀림없이 자신이 알고 있는 그녀였기에 누가 무엇이라 부르든 자신만큼은 그녀를 지금 이름으로 부르기로 마음먹었다.

유키는 팔짱을 끼고 천장을 쳐다보았다.

"다른 곳으로 시선을 돌리게 할 작정이었으니까."

"왜?"

"멍청한 제자가 엉뚱한 방향으로 파헤치는 바람에 나쁜 점만 눈에 띄었으니까."

멍청한 제자? 누굴 가리키고 있는지 고민할 필요도 없이

59

소아란은 신음했다. 분명 그에게 이런저런 마법을 전수한 사람은 젊은 유키──팡슝──였기에 관점에 따라서는 그럴 테다.

그리고 제자인 소아란의 심정을 배려하지 않고 스승인 유키는 예리하게 말했다.

"량의 관심을 이쪽으로 돌리고 싶었어. '팡슝'의 죽음이 진실인지 아닌지는 그렇다 치고, 거기에 뭔가 이면이 있다는 걸 알았으면 신중하게 파헤쳐야 적에게 의심을 받지 않는다는 것 정도는 알고 있을 테잖아. 그런데 리아피아트 시에서 돌아오자마자 팡슝의 기록부터 시작해서 이것저것 노골적으로…… 결과적으로 눈도장이 찍혀 지하에 감금당했잖아. 끝내 네 소중한 부하까지 휘말리게 한데다, 날 번거롭게 만들고."

"변명할 여지가 없습니다……."

유키라면 뻔하다. 제일 큰 분노 포인트는 부하인 일라쟈를 휘말리게 한 게 아니라 자신을 번거롭게 한 것일 테다. 다만 어찌 되었거나 그녀가 하는 말은 사실인 듯 소아란은 고개를 떨어뜨렸고 어깨를 움츠렸다. 수축색인 로브가 그와 어우러져 이곳에 있는 누구보다 큰 체구가 묘하게 작아 보였다.

소아란의 반성을 유키가 받아들였는지 아닌지는 모른다. 다만 계속해서 그의 실수를 깐족대며 나무랄 생각은 없는 모양이었다.

천장을 올려다보았다.

흠칫했던 것은 그때의 유키의 모습이 너무나도 그녀답지 않아서였다.

"……그렇게 나는 마법사 프랑소와즈라는 이름을 얻어 호위자로서 하루하루를 보냈지."

과거를 그리워하는 듯한 시선. 온화한 말투.

그것들은 행복 그 자체인 듯 보였으나, 모두 다 조금씩 습기를 머금고 있었다.

"하지만 어느 날 누군가 내 목숨을 노린다는 사실을 알게 되어 마녀협회에서 도망쳤어. 마법사가 아닌 보통의 인간으로서 자취를 감추는 길을 택해 평범한 사람의 양녀가 되었지……."

기나긴 숨을 뱉더니…….

그리고. 유키는 손뼉을 한 번 가볍게 쳤다.

그 소리가 사라졌을 때는 이미 잘 아는 유키로 돌아와 있었다.

"새삼스럽지만 소개할게. 량, 이 친구는 내 '남동생'인 스푸트니크야. 스푸트니크. 이 사람이 내 전 약혼자 쇼아량이야. 그리고── 으음."

스푸트니크와 소아란에게 서로를 소개시킨 후, 나츠와 일라쟈를 쳐다보았다. 그리고,

"제 남동생과 전 약혼자와 친하게 지내줘서 고마워요. 그리고 여러모로 민폐를 끼쳐서 죄송해요. 누나와 전 약혼자

로서 제대로 감독해야 하는데 손길이 미처 닿지 못해서 사과드려요."

고개를 깊이 숙인 유키에게 나츠는 살짝 일어나더니,

"죄송하긴요. 사과하지 않으셔도 돼요. 민폐라뇨——."

신경 쓰지 마세요, 라고 말이 이어지지 않을까 싶었는데.

"——이제는 셀 수 없을 정도니까 조금 늘었다 한들 티도 안 나요."

"잠깐만. 이 할망구야, '이제는'이라니."

"그럼 달리 뭐라 설명해. 넌 평소부터 수상쩍잖아."

"네가 막무가내로 날 의심해서잖아! 난 평소에 품행방정한 상인이라고!"

"네 입으로 할 소리야?!"

"싸우자는 거야? 그럼 원하는 대로 상대해줄게. 야, 밖으로 나와!"

"……리아피아트 시민은 늘 그렇게 소란스러워?"

어처구니가 없다는 듯한 소아란의 말에 정신이 돌아왔다.

실례했네요, 라며 나츠가 자리에 앉았다. 스푸트니크도 어느새 일어나 있었다. 하고 싶은 말은 더 있었지만, 들어야 하는 말과 알아야 하는 것들이 아직 있었다. 언제까지 샛길로 빠져나가 있을 수도 없는 노릇이었기에 마지못해 자리에 앉았다.

그리고 한바탕 언성을 높여서인지 나츠도 대화에 낄 마음이 들었던 모양이다. 등을 꼿꼿하게 펴고 조금 전에 스푸트니크를 대할 때와 전혀 다른 차분한 태도로 유키를 상대했다.

"유키 씨. 이야기를 들어보니 당신은 즉 클루의 언니라는 거네요?"

"어떤 의미에서지만. 그렇게 되네요."

"당신 말이 사실이라면 클루는……."

"……나츠 씨."

마녀협회 본부에서도 인정받는 마법사의 딸. ──그를 이은 클루는 즉.

나츠의 말을 막고 이름을 부른 유키는 온화한 목소리와 표정을 짓고 있었다. 어쩌면 그게 '팡송'일지도 모른다고 스푸트니크는 막연히 생각했다.

"나츠 씨. 당신은 후회하나요?"

"뭐가 말이죠?"

"마법이란 보통 사람 입장에서는 이질적인 거잖아요. 마법사는 보통 사람은 가지고 있지 않은 힘을 다루는 야만적인 존재예요. 또한 그 힘을 방패 삼아 거만하게 행동하는 마법사가 있다는 것도, 일부 사람들이 호의적으로 받아들이지 않는 인종이라는 것도 잘 알고 있어요. ──그 아이의 출신이 그렇고, 그런 아이를 마을에 받아들였다는 사실을 후회하나요?"

문득 생각났다. 자신이 예전에 이 경찰관에게 던졌던 질문 말이다. ──예를 들어 저 아이가 짊어진 것이, 살아나가는 방법이 법에 위반되는 것이라면 넌 그걸 허용할 수 있는지.

나츠의 대답에

망설임은 없었다.

"그 아이는 여전히 제 친구예요. ──그 아이의 출신이 어떻든지요."

당당했다.

"저, 저도 마찬가지예요!"

일랴쟈도 동의했다. 아주 정중하게 손까지 들어서.

"클루 씨가 마법사라니 확실히 놀랄 일이지만. 그래도 클루 씨는 정말 좋은 사람이에요! 지금의 클루 씨가 떠올리지 못하는 기억이 무엇이든, 지금의 클루 씨는 제 소중한 친구예요!"

"……여동생이 인복이 많네요. 고마워요."

유키가 시선을 내리깔았다. 그늘로 보이는 무언가가 떠 있었지만 거기에 어떤 마음이 담겨 있는지 스푸트니크는 헤아릴 수 없었다.

낯선 표정을 짓고 있는 그녀에게서 묘하게 불안하고 안절부절못한 기색을 느끼고 있는데

"정리해볼게요."

나츠가 말에 끼어들었다.

스푸트니크와 대조적으로 그녀는 여전히 이성적으로 사태를 파악하는 데 성공한 듯했다. 그건 제삼자로서의 여유인지, 직업에서 비롯된 것인지 알 수 없었지만 말이다.

"클루는 마법사 집안 출신이며, 마법사 중에서도 신기하고 불가사의한 '체질'을 가지고 있다. 유키 씨는 그녀의 호위자이자 언니지만, 사정이 있어서 생이별했다…… 보석상인 스푸트니크가 클루의 '체질'을 노려 고용했다."

"무슨 헛소리야? 난 오로지 선의로 그 아이를 보호──."

"한 가지 질문이 있어요."

무시하는 거냐?

쓸데없는 훼방은 용납하지 않겠다는 듯 나츠의 말은 멈추지 않았다.

"유키 씨…… 당시, '팡숑'의 목숨을 노리는 그림자를 위험하다고 판단한 안젤리카 가족은 마녀협회 본부의 협력으로 저택을 떠나 다른 장소로 피난을 했다. 당시에 어렸던 클루는 클루의 '체질'로 인한 사정도 있어서 신중을 기해 연구소에 맡겨졌다. 맞나요? 유키 씨."

"네. 맞아요."

"……그 이야기의 흐름에서 보자면 클루는 연구소에서 길러졌을 거예요. 그런데 왜 스푸트니크라는 상인에게 고용되어 스푸트니크 보석점에서 일하게 되었죠?"

그건.

정신을 차리고 보니 엉겁결에 말하고 있었다.

"연구소가 붕괴됐으니까."

리아피아트 시를 떠나기 직전, 세실에게 들은 이야기의 일부였다── 연구소가 붕괴되어 행방불명이 되었습니다.

나츠가 이쪽을 보는 것을 알 수 있었다. 하지만 스푸트니크는 나츠에게 대답할 여유가 없었다. 당시를 떠올리고 있었기 때문이다. 숲속의 도둑들 소굴에서 마치 쓰레기처럼 뒹굴고 있던 야윈 여자아이. 아무도 식사를 챙겨주지 않아 목에서 올라오는 보석을 토해내는 힘조차 더 이상 제대로 남아 있지 않았다.

　팡숑이 죽은 후, 마녀협회 본부가 거두어들여 연구소로 보내졌던 클루. 아니 유키가 하는 말이 사실이라면 마녀협회 본부의 손으로 연구소에서 '보호받던' 클루. 그 아이가 야만적인 도둑들의 손아귀에 넘어간 이유는,

　"……내가 클루를 구해내려고 했기 때문이야."

　쥐어짜 내는 듯한 목소리가 누구의 것인지 고개를 들 필요도 없이 알 수 있었다.

　"연구소를 파괴해 클루를 데리고 도망치려 했어. 그런데 연구소에서 달아난 클루를 놓쳤지. 숲속에서 아무리 찾아 헤매도 찾아낼 수 없었어. ……계속 찾아다녔어. 설마 떠도는 보석상이 그 아이를 보호하고 있을 줄은 몰랐어."

　──아냐.

　그가 오해하고 있다는 것을 스푸트니크는 바로 알아차렸다. 연구소에서 내쫓긴 클루가 스푸트니크의 곁에 오기까지를, 오게 했던 '과정'을 소아란 몰랐다.

　직후에 알아차렸다.

　간접적으로 클루를 비호하는 세력에서 떼어내 도둑들에

게 가게 한 것은 이 마법사 소아란이라는 사실을.

"네가 구해줘서 다행이야."

뭐가 '다행'이라는 거야?!

머릿속에서 핏기가 가시는 동시에 머리에 피가 솟구치는 희귀한 감각에 현기증이 났다. 손과 목이 떨렸다. 지금 눈 앞에서 머리를 감싼 이 남자는 얼마나 큰 죄를 저질렀단 말 인가.

꾀죄죄하고 상처를 입고서 떨고 있던 종업원의 모습을 기억하고 있다. 밤마다 비명을 지르며 울었던 것을 기억한다. 그가 저지른 일은 결코 작은 실수가 아니었다. 쓴웃음을 지으며 말하고, 지금 여기서 한숨을 쉬고 "구해줘서 다행이야"라고 감사하며 없었던 일로 할 수 있는 죄가 아니란 말이다!

하지만——.

"……나한테 죽을 때까지 감사해."

떨리는 목소리로 그렇게만 말했다.

적어도 자신에게는 마법사 소아란이 저지른 실수를 나무랄 권리가 없다. 그 일이 아니었더라면 자신은 클루를 만나지 못했을 테니 말이다. 또한 그녀의 '체질'을 실컷 이용해 온 자신이 어떻게 이 남자를 비난할 수 있단 말인가.

그를 판가름할 권리가 있다면 그건 클루 자신이거나 또는——.

유키를 곁눈질로 살펴보았다. 그녀는 옅은 미소를 짓고

고개를 저었다. 그건 지금 할 이야기가 아니라는 듯이.

언젠가 클루가 진실을 알게 되었을 때, 이 남자에게 죄를 짊어지게 하고 싶다는 뜻일까. 만약 말한다고 하더라도 어떤 속죄법을 지게 할까. 하지만 격노한 클루의 모습을 아무리 떠올리려고 해도 뾰로통한 표정에 발을 동동 구르며 "용서 못 해!"라고 어딘가 우스꽝스럽게 외치는 모습밖에 그려지지 않았다.

잊었던 과거를 알게 되었을 때 클루는 어떤 표정을 지을까. 스푸트니크가 그런 생각을 하는데.

갑자기.

나츠와 유키가 동시에 고개를 들었다.

"──누구세요?"

나츠가 물었다. 두 사람의 얼굴은 개인실 입구로 향해 있었다. 시선을 좇아 문을 보다가 알아차렸다.

불투명한 문 유리창에 그림자가 보였다.

누군가가 방 앞에 서 있었다. 불러도 들어올 낌새가 없는 것을 보아 주문을 받으러 온 점원이 아닌 모양이었다.

유키가 일어나자 그녀의 오른손에서 빛이 흘러넘쳤다. 늦게나마 소아란도 일어났고──.

마침내 노크 소리가 들렸다.

"……들어오세요."

"실례하겠습니다."

나츠가 답하자 한 여성이 들어왔다.

중간 키에 적당한 몸집, 딱히 눈에 띄는 구석이 없는 분위기의 아가씨였다. 차분한 색상의 옷을 입고 있었지만, 마법사 특유의 로브는 아니었다. 그리고 그녀의 분위기에서 이쪽에게 적의를 가지고 있다고는 느껴지지 않았다.

모두 여자의 정체가 짐작이 가지 않는지 의아한 표정을 짓고 있었다.

그렇다면 혹시 이 여자는 방을 잘못 찾아온 게 아닐까. 그렇게 생각하는데 문득 뇌리에 무언가가 스쳐 지나갔다. 예전에 어딘가에서 이 여자와 마주친 듯한 느낌이 들었다.

"스푸트니크 님이시죠?"

예상대로라고 할까, 그녀가 부른 사람은 역시 스푸트니크였다.

순간 멈칫한 후 고개를 끄덕였다.

"……맞아."

"찾고 있었습니다. 동행해주시죠."

동행, 이라는 말을 사용하자 한 가지 짐작 가는 부분이 있었다. 하지만 그렇다면,

"클루롤 보석상회에서 보낸 심부름꾼인가? 내 처분이 정해졌어?"

"아뇨."

묘하게 빠르다는 생각을 하면서 질문하자 예상대로 그녀가 고개를 가로저었다. 그렇다면 무엇 때문일까? 여자에 대한 기시감과 이름을 불린 이유를 찾으려고 머리를 굴렸다.

그리고 마침내 기시감의 정체를 떠올렸다.

그렇다, 이 여성은.

"회장님께서 부르십니다. 전 클루롤 저택에서 일하는 사람입니다."

──그날 밤 응접실에서 차를 도로 가져갔던 여성이었다.

*

"아얏──!"

"너 이번에는 무슨 짓을 저지른 거야?!"

주먹이 떨어진 것은 몇 년 만일까.

만나자마자 받은 공격에 스푸트니크는 비명도 지르지 못하고 그 자리에 웅크렸다.

시중의 안내를 받아 찾아온──스푸트니크에게 있어서는 '돌아온' 클루롤 저택 응접실. "혹시 동행하신 분이 있으시면 초대하신다고 하셨습니다"라는 말에 혹해서인지 아니면 호기심에서인지 나츠, 유키, 소아란, 일라쟈도 동석하고 있었다. 유키는 왠지 거절한 심산인 모양이었지만, 그녀만 달아나게 둘 수 없는 법이다. 거의 끌고 가다시피 해서 데리고 갔다.

클루롤이 좋은 이유로 호출하는 일은 거의 없었고, 지금의 상황을 돌이켜봐도 도움이 될 만한 요소는 찾을 수 없었다. 그래서 내심 오고 싶지 않았지만, 도망치면 도망치는 만큼 상황이 악화되리라는 것도 경험상 알고 있었다.

그래서 아마 이렇게 되리라는 것도 알고는 있었다.

알고는 있었지만.

따끔함에 인상을 찌푸리면서 고개를 들었다. 눈물로 흐릿하게 번진 시야 안에서 흰자위가 충혈된 채 얼굴이 붉게 물든 클루롤이 보였다.

"학창시절부터 돌봐주고 있는데 아직 날 못 믿고 있다니. 고개 숙여 솔직하게 도움을 요청하면 나도 가만히…… 아니 설교 한두 마디는 하겠지만 힘이 되어줄 텐데, 이 은혜도 모르는 놈 같으니라고!"

"자, 자, 잠깐만요! 아저씨── 아니 잠시만 기다려주세요, 클루롤 회장님!"

응접실 문을 연 클루롤은 선 채 고개를 숙이고 있던 스푸트니크의 모습을 보자마자 거침없이 머리를 휘갈겼다. 카펫이 깔린 바닥에 주저앉은 스푸트니크에게 가차 없이 불호령이 연달아 떨어졌다. 무심코 학창시절이 떠올랐지만, 간신히 보석상으로서의 마음가짐을 되찾고 애원했다.

"기다려달라고?! 무슨 낯짝으로 나한테 명령을──."

"진정하세요! 클루롤 보석상회 회장님! 회장님이 분노하시는 건 이해하지만, 진정하시고 이야기를 좀──, 스 스푸트니크 괜찮아? 지금 네 머리에서 엄청난 소리가 났는데?! 아니, 너 이번에는 무슨 짓을 저지른 거야?!"

역시 보다 못해 두 사람의 사이를 가르고 들어온 나츠와,

"뭐야뭐야, 스푸트니크. 너 이 응큼한 영감한테 무슨 짓을 한 거야? 내가 없는 곳에서 나 빼고 마음대로 신나는 못된 짓을 꾸미고 다니다니, 용서 못 해!"

스푸트니크의 뒤로 다가와 입맛까지 다시는 듯한 유키.

하지만 짐작 가는 것은——.

"그 애의 귀찌."

없다, 고 말하려는데.

클루롤이 그래, 라고 불쑥 말했다.

"네?"

"네가 만들었지?"

귀찌는 지금까지 여러 번 만들었다. 판매한 적도 물론 있고 말이다. 클루롤에게 보여준 것만 해도 여러 번 있었다.

하지만 그가 지금 가리키고 있는 것이 무엇인지 금방 알 수 있었다.

종업원——아니, 지금은 더 이상 종업원이 아니지만.

클루가 늘 하고 있는 그것.

"그 아이가 이 저택에 처음 왔던 그날. 난 그 아이가 한 귀찌를 보고 '귀걸이가 아니라 귀찌냐'고 물었지. 네 취향을 생각했을 때 그런 디자인의 액세서리라면 귀걸이를 만들었을 것 같다고 생각해서였지."

"……."

"그 아이는 '스푸트니크가 분명 자신의 귀를 굳이 뚫을 필요가 없다고 생각해서일 거'라고 답했어. 그 말은 즉."

"이제 그만해요."

대답이 자신이 생각했던 것 이상으로 혐오스러운 말투로 나왔다. 그 말만 들으면 충분했다.

즉 거짓말이 들통났다는 뜻이다. 클루의 귀를 살짝 뚫는 것조차 망설이는 인간이 그 아이를 고통스럽게 해서 보석을 토하게 하는 행동이 가능할 리가 없다는 것이다. 그리고 그런 어설픈 거짓말을 했다는 것에 그는 격노하는 것이었다.

대답이 날카로웠기 때문은 아니겠지만, 클루롤은 입을 다물어주었다.

스푸트니크는 양손을 가볍게 펼치고 어깨높이로 들었다. 한숨을 쉬었다.

"충분해요. 제가 졌어요. ──전 당신을 이용하려고 했어요."

"흥."

스푸트니크가 잘못을 인정하자 그에 대한 분노는 다소 사그라진 듯했다. 화살은 유키에게 이동했다.

"너도 왔구나. 이번에는 동료까지 데리고."

곁눈질로 본 것은 소파에 앉은 소아란과 일라쟈였다.

두 사람은 클루롤과 일면식은 없을 테지만, 어떤 인물인지는 이미 파악한 듯 일라쟈는 애원하듯이 소아란에게 바짝 다가갔고 소아란은 어깨를 움츠렸다.

"무슨 짓을 꾸미는 거야?"

"아버지, 이번에는 아무 일도 아니에요. 지금까지 저한테 있었던 일을 이 친구들에게 이야기했을 뿐이에요."

유키가 스푸트니크를 쳐다보았다. 그 시선을 좇듯이 삼백 안이 스푸트니크를 힐끗 노려보았다. 두 사람의 시선을 받고——.

문득 다른 생각이 떠올랐다. 그러고 보니.

"……난 왜 이 도시에 불려온 거지?"

지시가 전혀 없었던 탓에 실컷 우왕좌왕하는 지경에 처했다.

결국 무엇을 위해 이곳에 끌려왔는지 여전히 모르고 있다. 하지만 유키는 "그건 이제 됐어" 하고 웃었다.

"이제 끝난 일이니까. 너도 역할을 제대로 해줬고."

"역할?"

뷔알톤 시에서 스푸트니크가 한 행동 중 무엇이 유키가 바랐던 것일까. 예전 학교 후배와 재회한 일? 마녀협회 코쿠디에 지부를 방문한 일? 설마 나츠에게 잘못된 추리를 펼친 일은 아니겠지만.

"아버님께 클루의 '체질'을 완전히 들켰거든. 어떻게 된 건지 설명해보라고 하는데 솔직히 말하면 아무리 생각해도 설교만 들을 것 같더라고. 그게 싫어서 스푸트니크 널 대신 가게 했어. 그런데 네가 클루롤 저택에 좀처럼 가주질 않더라고. 이리저리 유도하는 것도 생고생이더라고."

"그것 때문이라고……?!"

재수가 없어도 유분수지!

어처구니없어하는 스푸트니크를 보고 유키는 "뭐, 그래

도” 하고 쓴웃음을 지었다.

"클루한테 문병도 필요하다고 생각했고 말이지."

맞다, 그 아이의 몸 상태는 나아졌을까.

어젯밤에 만났을 때는 잠이 덜 깬 듯했지만 야무지게 걸어 다녔다. 고열에 헛소리하는 것 같지도 않았지만 그 후에 어떻게 됐을까.

"클루 씨가 감기라도 걸린 건가요?"

"아뇨. 단순 과로니까 걱정할 필요 없어요. 맞다, 기껏 왔으니 일라쟈 씨랑 나츠 씨, 두 분도 문병하고 가시는 게 어때요? 분명 클루도 기뻐할——."

"……스푸트니크."

다른 사람의 이야기에는 흥미가 없는지 클루롤이 그들의 이야기에 섞여들듯이 스푸트니크를 불렀다. 무척이나 여성스럽고 즐거운 세 사람의 목소리에 사그라지듯 이름을 부르는 그의 목소리는 그답지 않게 기력이 없었다.

"네."

"말해라. 네가 왜 나한테 그런 거짓말을 했는지."

그런 거짓말.

자신을 악인으로 꾸미면서까지 클루를 그의 곁에 두려고 한 이유 말인가. 그것은,

"……이 도시에 끌려온 이유를 알 수 없었기 때문입니다."

전혀 아무런 설명도 듣지 못한 채 이 뷔알톤 시에 내동댕이쳐졌기 때문이다.

"그런데 절 리아피아트 시에서 이곳까지 데리고 온 방법이 마법이었기에 이 사건에 마법사가 얽혀 있다는 것만큼은 알고 있었습니다. 뷔알톤 시에는 지금 쿠가 있죠. 쿠가 얽힌 문제일지도 모른다고 예상은 했지만, 그 내용이 구체적으로 무엇인지까지는 몰랐습니다. 최악의 사태까지 고려해 쿠를 마법사의 손에서 확실하게 지켜줄 누군가가 필요했습니다……."

"그게 아니라."

이번만큼은 솔직하게 말했다. 하지만.

클루롤은 힘없이 고개를 가로저었다. 듣고 싶은 말은 그게 아니라는 듯.

"그렇다면 왜 처음부터 그렇게 말하지 않았던 거지?"

이 또한 그답지 않게 묘하게 서운한 말투였다.

——날 의지하도록 해.

귓속에서 되살아났다.

그래서,

"……죄송합니다."

이쪽 또한 묘하게 순순히 고개를 숙였다.

똑똑.

노크 소리가 들렸다. 클루롤이 대답하자 문이 열렸다. 습기를 머금은 공기를 환기하듯이 들어온 사람은 시중과 그리고.

"당신……이랑 스푸트니크 씨. 어머 유키도 있네. 잘 왔어."

"……어머니, 다녀왔습니다."

마리아였다. 클루롤의 아내이자 유키의 양어머니. 유키는 미소 지었지만, 그녀에게 무언가 생각하는 바가 있는지 여느 때의 사악한 미소가 아니었고, 그렇다고 예의상 짓는 환한 미소도 아닌 긴장감이 서려 있었다.

한편 마리아는 그녀에게 호의적이었다. 양녀를 오랜만에 만났다는 사실에 기쁨을 숨기지 않고 있었다.

"그래. 느긋하게 있다가 가. 그리고 그쪽에 계신 분들은——."

마리아의 시선은 나츠와 소아란 일행으로 향했다.

나츠는 미소를 지으며 등을 꼿꼿하게 세웠다.

"사모님, 안녕하세요. 경찰국 리아피아트 지부의 나츠라고 합니다. 거기에 있는 스푸트니크와 지금 이곳에 체류 중인 클루…… 클루 양의 친구입니다."

"마녀협회 코쿠디에 지부에서 일하는 소아란입니다. ……유키 씨의, 저기 그러니까…… 오래된 지인입니다. 이 친구는 부하직원인 일라쟈입니다."

"어머나. 활기차고 즐겁네요! 맞다, 여러분께 차와 과자를 대접해드려야죠."

지시를 받은 시중은 목례를 하고 방을 나갔다. 마리아는 타고난 따스한 분위기를 발산하면서 실내를 걸어 클루롤 곁에 섰다.

"그런데 당신. 클루는 찾았어요?"

"——어?"

어떻게 된 일이지?

클루롤을 쳐다보았지만 그는 눈썹 하나 까딱하지 않았다.

"아니. 아직 보고 받은 게 없어."

"아버님, 어떻게 된 일이에요?"

"큰일은 아니야."

물은 건 유키였는데 클루롤이 노려본 사람은 어째서인지 스푸트니크였다.

"'스푸트니크가 널 학대했다고 들어서 우리가 보호한다'는 이야기를 했더니 충격이 컸던 모양이야. 거리로 널 찾아 나섰는지 아니면 가출한 건지, 우리가 알아차렸을 땐 저택에서 사라졌더군. ……그 아이가 놀란 것도 당연하지. 학대 받은 사실이 없었으니까!"

마지막에는 비꼬는 듯했다. 죄책감에 시달리면서도 간신히 대답했다.

"그 사실을 왜 빨리 말하지 않은 건가요?! 수색을 해야——."

하지만 그가 차분한 이유가 있었다.

"스푸트니크, 큰 소리치지 마. 널 이 도시로 데려온 '마법사'는 눈앞에 있는 모자란 내 딸아이야. 그리고 저 녀석이 널 이곳에 데리고 온 이유도 지금 알았잖아."

"……아, 그렇군요."

열기를 띠던 머리가 순식간에 식었다. 모든 일은 해결되었다.

따라서 남은 건 단순히 클루가 낯선 거리에서 미아가 되었을 뿐이라는 이야기.

"하지만 여긴 그 아이에게 익숙하지 않은 도시야. 그대로 내버려 둘 수 없다는 것도 알고 있어. 이미 우리 쪽에서 경찰에 미아 수색을 요청했고, 시중에게도 수색하게 했으니 곧 발견되겠지."

"……네."

"넌 좀 더 타인에게 의지하는 법을 배우도록 해."

생각해보면 이번 일은 모두 정보 부족이 초래한 비극, 또는 희극이다. 대답할 말도 없어서 머리를 긁적이며 허리를 숙이는——.

"잠깐만."

그때.

말에 끼어든 사람은 마법사 소아란이었다. 쳐다보자 그는 소파에서 일어나 창백한 얼굴로 이쪽을 쳐다보고 있었다.

"소아란 님?"

"량, 왜 그래?"

일라쟈와 유키가 거는 말에도 소아란은 멀뚱히 서 있었다. 표정도 바뀌지 않고 헛소리를 하듯이,

"지하에서 앨리스한테 들었어."

"뭘 말이야?"

초조한 기색이 엿보이는 유키의 모습에 마침내 소아란의 고개가 움직였다.

"지부장이 지금 뷔알톤을 방문했다고……."

지부장. 그가 말하는 그 사람을, 또한 그 말이 가져오는 의미를, 스푸트니크는 알 수 없었다. 그래서 어떤 위험이 존재하는지도 정확한 의미를 헤아릴 수 없었지만,

"지부장이라면…… 마법사 자보트 말이야?!"

천하의 유키가 언성을 높였기 때문에 보통 일은 아니라고 짐작했다.

"왜 그 녀석이 여기에 있는 거야?!"

"그게, 클루랑 연관된 보고는 내가 담당하고 있어서 믿을 수 없다며 스푸트니크 보석점과 클루에 대해서 재조사를 하겠다던데…… 아마 스푸트니크 보석점이 소속된 클루롤 보석상회를 조사하려고…….."

들으면 들을수록 유키의 안색이 어두워졌다.

동요하는 유키라니, 드물다. 인상을 찌푸리고 엄지손톱을 깨무는 유키에게 형용할 수 없는 불안감을 느꼈다. 그녀가 늘 여유로운 모습이길 바랐는데.

"지부장은—— 지부장은."

"그 녀석이 왜?!"

"지하에서 나한테 말했어."

잠꼬대 같은 말이었다.

——문득.

유키에게 듣지 않은 말이 있다는 사실이 떠올랐다. 그건,

"그때."

팡숑이 죽었을 때.

팡숑에게 살의를 품고 죽이기 위해 움직여, 그리고 확실히 바람을 이룬 사람은,

"널 죽이기 위해 움직인 사람은 잡혔어?"

"실행범은 처분받았어. ──진짜 범인은 증거 불충분으로 무죄 석방을 받았지만."

그리고.

미간에 깊은 주름을 새기고 뺨을 창백하게 물들이며 이마에 혈관이 불거진 유키가 내뱉은 이름은──.

몇 년에 걸쳐 가슴에 품고 있던 탄식의 응어리인 듯했다.

"마녀협회 코쿠디에 지부 현지부장, 마법사 자보트!"

즉 그 사람이 모든 일의 원흉──.

──노크 소리가 들렸다.

"누구야?"

"회장님, 대화 중에 죄송합니다. 손님이 오셨는데 어떻게 할까요?"

"손님?"

주인의 의아한 목소리에 시중은 고개를 끄덕였다.

"보석상입니다. 약속은 잡지 않았다고 하지만, 급히 회장님께 드릴 말이 있다고──."

"지금은 바빠. 업무 이야기라면 나중에 오라고 해."

"그, 그런데."

"내 지시가 안 들리는가!"

노성. 하지만 그 소리에서 빠져나오듯이,

"실례하겠습니다."

카랑카랑한 인사와 더불어 여자아이 한 명이 응접실로 달려왔다.

황새걸음으로 성큼성큼 걸을 때마다 빨강 리본으로 묶은 금발의 트윈테일이 흔들렸다. 고집스러운 표정이 낯익었다. 이름이 뭐였더라──.

"회, 회장님, 죄송합니다. 기다리라고 했는데 듣질 않고 ── 저, 저기."

시중이 말하는 '보석상'이라는 건.

떠올린 그 순간 실제로 그 남자가 나타났다. 시중에게 붙들려 버둥거리며 난동을 피우는 여자아이를 보고 "저희 종업원이, 죄송합니다" 하고 고개를 숙였다.

"너!"

"클리우 선배! 어라어라, 여전히 번거로운 일에는 빠지질 않으시네요."

"입 다물어. 무슨 일이야? 짧게 말해."

류는 우스꽝스러운 말을 지껄였지만, 경직된 뺨만큼은 감출 수 없었다.

어깨를 세게 쳤지만 눈은 웃지 않아서, 뭐라 할 수 없는 불길한 예감이 들었다. 그 또한 한 사람의 상인이기에 여러 아수라장을 거쳐 왔을 텐데.

"죄송합니다, 실은, 우리 종업원이──."

"도와줘요!"

비명처럼 카랑카랑한 목소리에 누구보다 빨리 반응한 사람은 당연하다고 해야 할까 나츠였다. 그 구조요청은 자신이 지금 시중에게 붙들린 것에 대한 것은 아닌 모양이었다. 나츠는 여자아이에게 달려가 허리를 굽혀 눈높이를 맞추더니 다정한 목소리로 물었다.

"괜찮아. 무슨 일이 있었는지 언니한테 말해줄래?"

머리를 자상하게 쓰다듬어주자.

무척이나 무서운 일을 겪어서인지, 안심해서인지 여자아이의 눈에서 눈물이 뚝뚝 흘러내렸다.

"클루가……!"

그 광경에—— 스푸트니크는 기시감을 느꼈다.

그리 오래되지 않은 기억. 스푸트니크가 있는 장소에 힘차게 뛰어 들어온 금발의 여자아이. 또한 그 아이가 새파란 얼굴로 나츠에게 매달리는 모습.

긴장감으로 뒤덮인 공기. 메마른 목소리로 불린 종업원의 이름. 그리고——.

"마법사에게 끌려갔어요……!"

——유괴.


2


보석상 스푸트니크가 아직 행상인으로 살아가고 있을 무렵의 이야기이다.

*

   한 마을에서 거래를 마치고 스푸트니크 보석점 점주 스푸트니크는 종업원 클루와 함께 다른 마을로 향하고 있었다.

   고객의 요청이나 의뢰에 따라 마을에서 마을로 이동하는 것이 특정한 거점을 두지 않은 스푸트니크의 장사 방식이었다. 하지만 다음 마을에 방문하는 데는 판매와는 다른 별개의 이유가 있었다.

   그리고 설명해두자면, 그것은 클루와도 관계가 있었다. 건너편 자리에서 창밖의 새를 즐겁게 바라보고 있는 클루를 불렀다.

   "야, 쿠."

   고개를 이쪽으로 빙그르 돌렸다.

   "다음 마을은 리아피아트 시야. 루카 가도에서 동쪽으로 가다 보면 나오는 곳인데, 입에 침을 바르고 말해도 대도시라고 할 수 없고, 대륙 통합 도시 뷔알톤 시에서도 상당히 떨어져 있지만, 치안은 나쁘지 않은 모양이야. 생활하는 데도 불편은 없을 거고."

   "리야히얏토 시……."

   혀 짧은 목소리로 지명을 반복해서 말했다.

   조금 시간을 두고,

   "네."

   종업원 클루에게는 최근에 바람직하지 않은 습관이 생겼

다. 뭐가 뭔지 몰라도 우선은 동의하면 괜찮다고 학습해버린 모양이었다.

조만간 교정해야겠다 싶었지만, 그건 지금 딱히 중요하지 않았다. 스푸트니크는 말을 이어나갔다.

"비교적 따뜻하고 꽃과 과수가 풍요로운 지역이라고 하더라. 돈도 그럭저럭 모였고, 동네를 살펴보고 생활하고 개업하는 데 나쁘지 않은 환경이라면 거기서 영주할까 싶어."

"가수, 욘주."

또다시 혀 짧은 목소리로 반복해서 말했다.

"네."

정말 이해하고 있는 걸까.

미심쩍어하는 시선을 알아차린 걸까. 클루는 고개를 크게 두 번 끄덕이더니,

"알겠어요. 그러니까, 대체적으로."

대체적으로.

그런 어휘는 어디서 늘린 걸까. ──만약을 위해 설명했다.

"과수는 과일이 나는 나무를 말하는 거야. 리아피아트 시는 과일로 유명한 도시라는 거 기억해둬."

"과일."

클루의 입에서 군침이 흘러나왔다.

"맛있어요?"

"품질 좋은 과일들이 모여 있겠지. 맛없으면 특산품이 될 수 없으니, 맛은 기대해도 좋지 않을까."

"마음껏 먹어도 돼요?!"

"마음껏 먹을 순 없지."

말하지도 않은 걸 왜 덧붙이는 걸까.

그런데도 클루의 기대를 부채질하기에는 충분한 요소였던 모양이다. 헝겊인형을 채워 넣은 가방을 품에 안고 창에 뺨을 착 붙이고서는 리야히얏토 시, 리야히얏토 시, 하고 혀 짧은 목소리로 도시 이름을 반복하는 그녀는 이리 봐도 저리 봐도 즐거운 듯했다.

그 즐거운 마음은 스푸트니크에게도 전염되었다. 그래서,

"기대하고 있어. 도착하면 과일을 잔뜩 먹게 해줄 테니까."

"네!"

하고 대답했다.

그 대답을 보아하니 스푸트니크가 전한 말을 틀림없이 이해한 모양이었다.

──그래서.

스푸트니크는 철썩같이 이해했을 거라고 착각했다.


결론부터 말하자면 리아피아트 시는 상당히 좋은 도시였다.

치안도 도시의 경제상황도 나쁘지 않았다. 기후와 풍토도 무난했고 지방 자치 단체의 분위기도 차분했다.

마법사가 없다는 것은 보석상의 일터로서는 확실히 악재가 되기 쉬운 반면, 기묘한 '체질'인 클루를 마법사로부터 숨기기에는 최적의 장소였다. 그리고 스푸트니크는 보석을

분명 자주 구입해주지만 트러블이 끊이질 않는 마법사를 상대로 하는 장사가 싫었다.

행상인으로 살아오면서 대륙 여기저기에 큰손 단골도 만들었기 때문에 수입원에 있어서는 걱정하지 않았다.

나머지는 자신이 그린 청사진을 얼마나 실현할 수 있는지였다. 염려되지 않는 건 아니었지만, 일어나지도 않은 일을 두려워하면 새로운 도전을 전혀 할 수 없다. 스푸트니크는 이 도시에 자리 잡아 가게를 열기로 했다.

비교적 시골 마을이었기에 영주 희망 신청 자체가 도시만큼은 많지 않은 모양이었다. 허가가 떨어지는 건 의외로 빨랐다. 눈도장을 찍어뒀던 빈 건물을 일시불로 구입하여 1층을 가게로 2층을 두 사람의 거주지로 삼았다.

클루를 그녀에게 주어진 방으로 안내해서,

"여기가 네가 지낼 곳이야."

라고 말했더니 잠시 멍하니 있었지만, 싫어하는 내색은 하지 않았기에 문제는 없는 듯했다.

행상인으로서의 삶을 관둔다면 짐을 최소한으로 줄일 필요가 없다. 상품도 주문하고 장식하기 위한 선반과 케이스, 작업실에 책상과 책장, 물론 생활에 가구도 필요했다.

"저기, 저기."

생활환경을 꾸미고 개점 준비로 분주한 하루하루가 이어지던 중, 발주한 장식품이 또 배달왔다.

받아든 꾸러미를 바닥에 놓고 개봉하려고 손을 가져다댔

을 때 뒤에서 누군가가 불렀다. 돌아보자 클루가 그곳에 서 있었다. 어느새 방에서 내려온 모양이었다.

무슨 일이냐고 묻자,

"저기 그게."

양손을 뺨에 대고 난처한 모습을 보였다.

고개를 숙이고 하고 싶은 말을 정리하고 있는 것을 가만히 기다렸다. 이윽고 정리가 됐는지 고개를 들었다.

"방에 침대랑 책상이랑 의자랑 그리고, 그리고."

양팔을 크게 펼치더니,

"엄청 많아요."

가구가 도착해서 기쁘다는 뜻일까.

하지만 그건 그렇고 표정에 그늘이 져 있었다.

"요전번에 가구점에 갔을 때 어떤 게 좋은지 고르게 했잖아. 마음에 안 들어? 사이즈가 틀렸으면 반품해서 새 걸로 받아도 돼."

"아뇨."

고개를 도리도리 저었다. 거칠게 흔든 탓인지 긴 머리카락이 입에 들어가는 바람에 찡그리더니 뱉어냈다.

손으로 머리를 정리하더니 스푸트니크를 다시 쳐다보았다.

"다 멋있어요."

"그래?"

"이불도 폭신폭신해요."

"그럼 다행이야."

"조금 전에 2시간 동안 낮잠 잤어요."

너무 잔 건 아닐까.

다만 그렇다면 구입한 물건이 마음에 들지 않는다는 건 아닐 테다. 클루는 방 안을 힐끔힐끔 두리번거리더니,

"여기도."

팔을 펼치고,

"엄청."

——그 동작이 마음에 들었나?

하지만 즐기는 듯한 기색은 없었다. 지극히 진지한 표정을 짓고,

"못 들여요."

즉 가구 위치를 바꾸고 싶다는 거구나. 운송자가 서비스로 가구 설치를 맡아주었으니 그때 아니라고 말해줬으면 좋을 텐데. 낯을 가리는 아이에게는 어려운 일일지도 모른다. 정말이지 참 못 말린다니까, 라고 생각하며 일어났다.

하지만 클루의 염려는 그것도 아니었다. 무언가를 알아차린 듯이 놀라서 숨을 죽였다.

"혹시."

"응?"

"건물이 통째로 움직이나요?!"

"넌 지극히 일반적인 점포 겸 주택에 뭘 기대하는 거야?"

무언가 상상하는지 눈을 빛내고 있었지만, 안타깝게도 그 기대에는 부응하기 어려웠다. 도대체 말 몇 필이 끌고 가게

할 셈이냐는 생각을 하면서 부정하자 또다시 고개를 갸웃거렸다.

그리고.

"그럼 다음 마을에 갈 땐 어떻게 해요?"

"응?"

"짐, 이 정도로 못 가지고 다녀요."

……거기까지 듣고 마침내.

스푸트니크는 클루가 '영주'를 이해하지 못했다는 사실을 알았다.

요 며칠 사이에 사들인 가구나 장사 도구, 그 외에 여러 가지 물건의 앞으로의 처우를 클루는 걱정하고 있는 것이다.

"저기 말이야, 쿠."

바닥에 앉아 책상다리하고 클루를 쳐다보았다. 얼굴이 가까워졌다.

"네."

가까워진 클루의 눈을, 얼굴을, 표정을 보았다.

중요한 일이다. 제대로 전해졌는지 아닌지 확인해야만 했다.

"우리는 여기서 살 거야."

"며칠 정도요?"

거의 동시에 다음 질문을 했다.

"계속 말이야."

"계속……."

양손을 펼치고 손바닥을 보더니 수를 세듯이 손가락을 구

부려,

"내일도 모레도 그다음도 말인가요?"

"그래."

"내년에도요?"

"그래."

"돈 있어요?"

".................아마도."

왜 갑자기 핵심을 찌르는 질문을 하는 걸까.

아니.

——스푸트니크는 고개를 가로젓고 일어나 몸집이 아담한 종업원을 내려다보았다.

"돈 문제는 네가 생각할 일이 아냐. 점주인 내가 여기서 장사를 한다면, 하는 거지. 아니면 뭐, 이 마을에 있기 싫은 이유라도 있어?"

"없어요."

"그럼 뭐가 마음에 걸리는 거야? ……지금 말고."

"그게, 그러니까."

어린아이가 아는 어휘는 아직 적다. 영주라는 말조차 모를 만큼. 눈을 질끈 감고 자신이 가진 의문점과 알고 있는 표현을 열심히 조합하는 것을 인내심을 가지고 기다렸다.

얼마나 지났을까, 클루는 자신의 내면에서 피어오른 궁금증을 이런 말로 내뱉었다.

"쿠도 여기서 사나요?"

당연하지, 라고 답했다.

……그때 자신은 그랬다.
무슨 당연한 소리하냐고, 만 생각했다.

3

"그러니까 얼른 책임자 나오라고 하잖아!!"

노성과 함께 카운터를 내리치는 두꺼운 철봉은 대단히 좋은 소리가 났다.

이곳은 마녀협회 뷔알톤 지부. 종업원 클루가 마법사에게 납치당했다고 들은 순간, 다리는 이곳을 향했다. 클루롤 저택에서 유키가 말리는 목소리나 클루롤의 "진정해"라는 소리가 들렸지만, 따를 만한 마음의 여유는 이미 없었다.

어젯밤에 찾아온 참이기도 해서 장소는 확실히 기억하고 있었다. 가는 도중에 쓰레기통에 떨어져 있던 철봉을 빌려다가 접수대에 있는 마법사에게 책임자와 면회를 신청했지만, 접수원의 태도는 어젯밤과 그다지 다르지 않아 처음에는 이성을 붙들고 있었으나 아무리 사정사정을 해도 들어주지 않는다는 사실에 초조함이 더해갔다.

이윽고 좋은 말로 해서는 헛수고라는 사실을 깨달았기 때문에 가지고 온 철봉으로 물리적으로 사정사정을 하던 차였다.

하지만 마력을 가지고 있지 않은 인간의 공갈이 뭔가 아쉬워서 두렵겠나 싶었는지, 아니면 지부를 지키는 접수원으로서 그런 훈련을 받아서인지 고집스럽게 기가 죽는 기색이 없었다.

"증거가 있거든? 우리 종업원이 마법사한테 납치당했다는 증거. 더 이상 계속 숨기다가는 댁들한테 좋은 방향으로 굴러가지 않을 것 같은데 말이야. 말단인 당신은 됐고, 책임자와 이야길 하겠다는 거야!"

"공교롭게도 책임자는 부재중이십니다."

"상인을 우습게 보지 마. 달갑지 않은 영업사원을 대할 때는 이 녀석 저 녀석 할 것 없이 대부분 그런 말을 한다는 것 정도는 알고 있으니까. 이 멍청한 자식아."

카운터를 걷어찼다.

그럼에도 마법사가 위축되는 기색은 없었다. 귀여운 구석이라곤 찾아볼 수 없는 여자라며 혀를 찼다.

하지만 상대는 상대대로 이쪽을 '건방진 남자'라고 보겠지 생각하고 있는데.

"돌아가시지 않으면."

어젯밤과 같은 말이었다. 지팡이 끝이 향했다.

큰일 났다. 쓸데없는 생각을 한 탓에 반응이 늦었다. 서둘러 철봉으로 자세를 취했지만 마법사 쪽이 빨랐다!

지팡이에서 스푸트니크를 겨냥해 마법의 빛이——.

"지켜줘!"

어딘가에서 목소리가 들렸다. 동시에 스푸트니크의 눈앞

에 빛나는 벽이 나타났다.

접수처의 마법사에게서 뿜어져 나온 공격은 빛나는 벽에 닿아 폭발했고, 동시에 벽 자체에도 금이 갔다. 벽이 무너지는 순간 "날아!" 하고 다른 목소리가 다른 주문을 읊었다. 스푸트니크의 등 뒤에서 날아온 빛 한 줄기가 마법사에게 꽂혔다.

스푸트니크를 지킨 마법의 주인은———.

"이야, 간발의 차이였네."

"유키!"

누나의 이름을 부르는 자신의 목소리가 무척이나 신이 나 있었다.

마법의 장벽으로 스푸트니크를 지킨 사람은 마법사의 정복인 로브를 입은 유키였다. 그리고 "나도 있어!" 하고 그 등 뒤에서 얼굴을 빼꼼히 내민 사람은 낯익은 하얀 소녀였다.

그 장난기 담긴 이름을 부르는 건 꺼려졌지만, 그 차림을 한 이상 본명으로 부르는 건 문제가 있을 듯했다. 그쪽에는 오른손을 들어 인사를 대신했다.

유키가 차가운 시선으로 스푸트니크를 쳐다보고는 한숨을 쉬었다.

"못 말린다니까. 저택에서 '기다리라'고 한 거 못 들었어?"

"들렸지만 가서 끝장을 봐야 한다는 마음이 앞섰어. 내가 잘못했어?"

"딱히. 내 어여쁜 여동생을 너한테 맡긴 건 정답이었다고 생각했을 뿐이야."

렌즈 안에서 눈이 웃고 있었다.

유키는 먼 곳을 보는 것처럼 고개를 움직였다. 좇아서 시선을 돌렸지만, 소동을 듣고 달려온 마법사들이 멀리 둘러싸서 이쪽을 관찰하고 있었다. 몇 사람은 이미 지팡이를 잡았고 이쪽이 어떻게 나오는지를 엿보고 있는 듯했다.

"유키, 어떻게 할 거야?"

결코 적지 않은 수의 마법사. 그에 비해 이쪽은 마법사 두 사람과 보석상 한 사람뿐이다.

참으로 불안한 상황이지만――.

그래도 유키가 자신 있는 태도를 취하기에 두려워할 필요가 없다는 느낌이 들었다.

"여러분, 제 말 들어보세요!"

유키가 목소리를 높였다.

쩌렁쩌렁 울려 퍼지는 맑은 목소리였다.

"저는 마법사 안젤리카의 딸로, 마녀협회 마법연구부 소속 연구원 프랑소와즈입니다. 마녀협회 본부에서 직접 여러분께 명령을 전달하러 왔습니다!"

혀를 깨물 듯한 복잡한 이름을 막힘없이 전달했다.

마법사들 사이에서 당혹스러움이 피어올랐다. 연구원 프랑소와즈의 이름 때문인지, 아니면 협회 본부의 심부름꾼이라는 선언 때문인지.

어찌 되었거나 이 자리의 모든 사람들을 주목하게 한 유키는 우아하게 웃으며.

"──모두 즉시 지팡이를 바닥에 버리고 불태워."

그녀의 손에서 피어오른 마력이 화염이 되어 바닥에 불을 질렀다.


"건물 안에서 불은 자제해. 팡숑!"

"어라?"

화염에 휩싸여 혼란에 빠진 집단 속에서 재빨리 상식적인 지적을 한 사람은 마법소녀였다.

그가 대들어서 유키는 눈이 휘둥그레졌다.

"량이라면 기뻐해줄 줄 알았는데. 클루를 탈취할 때의 재현이란 느낌으로."

"난 그때, 하면 안 되는 행동이라는 걸 배웠어!"

'마법소녀'라고 지칭하지 않는 것을 보아 이성을 잃은 듯하지만, 유키는 주눅 드는 기색도 없었다. 건물 안은 당연히 시끌벅적했다. 불을 끄려고 지팡이를 휘둘러 물을 뿜어내는 자, 이쪽을 노려보는 자── 공격마법이 한두 번 날아왔지만, 유키와 마법소녀는 말다툼을 하면서도 무난하게 막아냈다.

만약을 위해서 물어봤다.

"불, 괜찮아?"

"마법으로 지른 불이니까 온도도 규모도 내 재량껏 조절할 수 있어. 우선 스푸트니크, 지금부터 네가 해야 할 행동.

물론 너한테 이곳에서의 전력은 기대 안 하니까 그건 안심해. 싸우는 건 우리가 맡을 테니, 넌 클루를 찾아. 이 건물을 모조리 뒤져."

"싸운다니…… 이 건물에 있는 마법사는 적지 않아. 너희 둘이서 가능해?"

유키는 코웃음 쳤다.

"마법사는 그렇게 강한 생물이 아니야. 마법을 무력화하는 건 간단해. 마법사는 자신의 내면에 있는 마력을 마법 지팡이로 증폭시켜 마법을 발동시키니까──."

갑자기 유키의 목 언저리에서 끈 하나가 튀어나왔다. 끈은 갈수록 쭉쭉 뻗어 나와 이쪽을 향해 지팡이를 휘두른 마법사의 손에서 지팡이를 튕겨 보냈다. 끈은 떨어진 지팡이를 휘감더니 유키의 손아귀로 돌아왔다.

유키는 지팡이를 받지 않고 그대로 바닥에 떨어뜨리더니──.

"지팡이를 부러뜨리면 돼. 그러면 마력이 없는 보통 사람과 같아."

유키의 발밑에서 지팡이는 허무하게 두 동강 났다.

방벽을 치고 있는 마법소녀의 표정이 떨떠름했다.

"마법도구를 만드는 덴 돈이 은근히 들어. 잘도 그렇게 망설이지도 않고 망가뜨리는구나."

"잠깐만. 량은 누구 편이야?"

두 사람의 말다툼을 들으며 스푸트니크는 부러진 지팡이

를 주워들었다.

딱히 눈에 띄지 않지만 자루 부분에 푸른 보석 하나가 박혀 있었다. 보석상으로선 보석이 버려진 게 마음이 편치 않았다. 자신의 엉덩이 부분의 주머니에 집어넣었다.

"조금 전에 네가 늘어뜨린 끈은?

"아, 내 사역마야."

그러자 파스텔 핑크색의 펠트 덩어리——헝겊인형이 유키의 로브 자락에서 태연하게 나왔다. 스푸트니크를 올려다보더니 다리 하나를 흔들어 인사했다.

다리 여덟 개가 자라난 그 풍모는 거미와 흡사했지만, 둥그스름한 디자인에 핑크색이라는 화려한 컬러링을 도입한 헝겊인형이었다. 유키에게는 어울리지 않게 애교스럽다……고 생각하는데 마법소녀가 스푸트니크에게 슬쩍 귓속말했다.

"겉모습에 속지 마, 스푸트니크. 저 인형의 정체는 꽤 끔찍해."

대체 어떤 요물이라는 건가.

한때 유키의 '약혼자'였다고 하는 마법사 소아란. 그가 그녀의 곁에서 대체 무엇을 봤는지, 어떤 일을 겪었는지. 스푸트니크로서는 상상하는 수밖에 없지만——.

"잡담은 슬슬 끝내. 량, 가자!"

갑자기 바닥을 걷어차더니 신이 난 듯이 마법사 무리 속으로 뛰어 들어간 누나와,

"아하하, 오랜만에 몸 좀 풀겠네!"

"잠깐만, 팡숑── 아, 진짜 못 말리겠네!"

유키의 행동에 휘말려 포기한 듯이 뒤를 쫓는 마법소녀.

마법소녀는 수습하는 데 익숙했고, 난동을 부리는 유키의 행동을 미리 정확하게 예측해서 적절하게 엄호하고 있었다. 그게 임시변통이 아닌 것은 아마 약혼자 관계로 함께 지냈을 시절의 두 사람의 관계성도 이와 같았기 때문일 테다. 갑자기 제멋대로 행동하는 팡숑을, 다급히 쫓아가서 보좌하는 소아란.

그렇다면. 클루가 잊어버린 기억 속에는 지금 자신이 보고 있는 광경도 수없이 있을지도 모른다는 생각이 들자──.

적들의 한가운데에 있는데도 불구하고.

하고 싶은 말이 하나씩 하나씩 늘어갔다.

일라쟈 같은 경우가 있기에 싸움에 익숙하지 않은 마법사가 있다는 건 안다. 마녀협회 뷔알톤 지부에도 그런 무리가 있는 듯했다.

"저 녀석 도망가!"

"내버려 둬!"

마법사가 마법으로 모습을 감추려고 했다. 스푸트니크는 손가락으로 가리켜 보고했지만, 유키는 그렇게 즉답하더니 눈길 한 번 주지 않았다.

"현관에서 도망치는 녀석도, 마법을 사용해서 전이하는 녀석도, 등 돌린 녀석들은 마음대로 하라고 해. 덤비는 녀

석들만 용서하지 않겠어."

"하지만——."

"우리가 너보다 늦게 여길 도착한 건 저택에서 여유롭게 차나 홀짝였기 때문이라고 생각해?"

도망가는 녀석 중에 클루가 있는 장소를 아는 녀석이 있을지도 모른다. 하지만 그런 초조한 마음을 유키는 이미 꿰뚫어 보고 있었다.

"다정한 이 누나가 바보 동생에게 몇 가지 정보를 주도록 하지. ——조금 전에 일라쟈 씨를 마녀협회 코쿠디에 지부에 마법으로 전이시켰어. 그쪽 또한 클루가 감금되어 있을 가능성이 있는 장소니까 수색하기 위해서 말이야."

"일라쟈한텐 익숙한 장소야. 역시 섣불리 행동할 순 없겠지. 만약 누군가 마법소녀에 관해 물어보면 전혀 기억 못 한다고만 하라고 했어."

라고 마법소녀가 말했다.

"아버님과 류 씨 일행은 클루의 실종 사건을 경찰국에서 증언해주기로 했어. 그리고——."

그리고.

어느 누구 한 사람도 달아나지 못하게 할 거야, 라고 말했다.

"이 건물 밖에는 그녀 일행이 포위하고 있어."

"그녀 일행?"

스푸트니크가 되물었다.

유키의 표정이 조금 누그러든 듯했다.

"네 친구."

*

"──오늘 점심 무렵, 뷔알톤 시를 방문 중인 리아피아트 시민 한 명이 누군가에게 납치되었다고 합니다."

당장이라도 울음을 터뜨릴 듯한 잿빛 하늘 아래.

나츠는 쭉 늘어선 경찰국 뷔알톤 본부 사람들에게 목소리를 높이고 있었다.

"목격 정보에서 마법사의 소행이라는 것이 판명되었습니다. 여러분이 이 마녀협회 뷔알톤 지부를 포위하고, 나오는 자는 전원 확보해주시길 부탁드립니다! 경찰국 뷔알톤 본부 여러분의 수완은 동쪽 도시 리아피아트 지부까지 알려져 있습니다. 모쪼록 여러분의 활약으로 피해자가 무사히 석방될 수 있도록 부탁드립니다!"

격려의 말을 건넨 나츠에게──.

경찰국 뷔알톤 본부 특수 경비군은 일렬로 흐트러지지 않고 경례했다.

"……이상입니다."

맡은 자리로 이동하기 위해 저마다 행동하기 시작했다. 그 모습을 보면서 나츠는 한숨을 작게 쉬었다.

"감사합니다. 경부님."

싱긋 웃으며 고개를 숙인 사람은 경찰국 뷔알톤 본부의 남성 경찰관이었다. 클루의 유괴사건을 지휘한다고 했다.

"이곳에도 리아피아트 지부의 여성 경찰관이신 나츠 씨의 이름은 알려져 있습니다. 그런 당신께 지시를 받을 줄은 몰랐네요. 모두 활기 넘칠 거라고── 실례합니다. 기분 상하게 해드렸다면 사과드립니다."

자신의 얼굴이 경직되어 있다는 걸, 그 말을 듣고 알아차렸다. 다급히 미소를 지었지만, 어색하게 굳는 것을 알 수 있었다.

"아니에요. 활력이 된다면 다행이에요. 아는 여자아이가 유괴당해서 아무래도 마음이 차분해지질 않네요. 저야말로 죄송해요."

"괜찮습니다. ……그런데 놀랐습니다. 클루롤 보석상회 회장이신 클루롤 씨의 관계자가 마법사에게 유괴당할 줄이야……."

"예측하기 힘든 일이죠. 요즘 보석상은 마법사와 대등한 거래를 하기 위해 많은 수단을 강구하게 됐다고 하니…… 그걸 바람직하지 않다고 생각하는 마법사가 강경수단으로 나온다고 해도 이상하지는 않죠."

말을 마치고 나츠는 마음속으로 혀를 쏙 내밀었다.

클루가 납치된 이유, 동기에 대해서는 거짓말을 하는 게 아니다. 다만 단순히 클루의 '체질'에 대해서 덮어두고, '보통 사람 대 마법사'라는 구도를 일목요연하게 나타내 경찰국을 쉽게 휘말려 들도록 했을 뿐이다. 정확하게는 경찰국의 거친 일에 대한 대응 부문을.

이야기가 일단락되었다고 생각했는지 남성 경찰관은 나츠에게 경례를 하고 물러났다. 나츠 또한 인사하면서 이어서 하던 생각으로 돌아갔다.

예상대로 그들은 움직여주었다.

하지만 그것만으로는 아무 소용도 없다. 경찰국은 애초에 '보통 사람들 사이에서 벌어진 문제'를 위해 만들어진 조직으로 사건이나 범죄행위에 대한 업무를 진행한다. 따라서 경찰국 인원은 마법사가 아닌 평범한 인간으로 구성되어 있고 마법사에게 대항할 방법을 가지고 있지 않다.

하지만──.

유키라는 사람은 꼼꼼하게 그 점에 대한 '대책'을 마련해주고 갔다.

돌아보는 것과 동시에 목소리가 들렸다.

"나 원 참, 사람을 꽤 험하게 다루는 인간이네요!"

진심으로 불쾌한 듯이 투덜거리는 목소리의 주인은──.

단 한 명 있던 몸집이 아담한 마법사였다.

"유키라는 분은 정말 뭐예요?!"

"유키 씨가 뭐가 어때서?! 내 여신이거든?!"

"코쿠디에로 이제 막 돌아온 내 앞에 갑자기 나타나 설명도 제대로 하지 않고서 이런 곳에 데리고 온 데다 마력을 담은 보석을 대량으로 떠안기더니 '이 건물에서 마법사가 한 사람도 도망치지 못하도록 결계를 계속 쳐'라니. 엉망진창인 것도 정도가 있죠!"

"나도 잘 알아! 조금 제멋대로에 사악한 면도 유키 씨의 매력 중 하나야!"

"세상이 자기중심으로 돌아가는 듯한 거만한 태도! 착각도 정도껏 해야죠!"

"입 다물지 못해? 세상은 유키 씨를 위해서 존재한다고 해도 과언이 아니야!"

그리고 그런 그녀가 투덜거리는 말에 차례대로 답하는──답이라고는 할 수 없지만──사람은 한 청년이었다. 나츠는 두 사람 모두 낯익었다.

아담한 몸집에 몇 겹이나 되는 목걸이, 몇 겹이나 되는 팔찌, 몇 겹이나 되는 반지를 정신 사납게 끼고 있는 마법사는 세실이었다. 그녀는 불평불만을 부리면서도 끊임없이 지팡이를 휘둘러 마녀협회 뷔알톤 지부 건물로 향해 힘을 계속해서 보냈다.

"에잇, 이거 텅텅 비었어요! 다음!"

"으차!"

팔에서 빼내 내던져진 팔찌를 회수하고 새로운 장식품을 건네고 있는 사람은 유키의 '자칭' 약혼자──랏슈였다. 커다란 바구니를 들고 세실의 지시에 따르고 있었다.

나츠는 그 두 사람에게 다가가 슬쩍 말을 걸었다.

"수고가 많으시네요. 작업 힘들죠? 제가 뭐라도 도울 일이——."

"뭐라고요?!"

그러자 세실이 이쪽을 쳐다보았다. 노려보는 듯한 험악한
시선—— 하지만.

말을 건 사람이 원망을 쏟아낼 상대가 아니라는 사실을
바로 알아차린 듯 세실은 표정을 지우고 고개를 돌렸다.

"……배려해주셔서 감사합니다."

속닥대는 나지막한 그 말투는 자신의 실수를 부끄러워하
는 듯했다.

"실례해서 죄송해요. 마력을 조절하느라 여유가 없어서
신경이 날카로워져 있었어요."

"제가 죄송하죠. 힘든 상황에 말을 걸어서요."

"아뇨. 그 정도는 아니에요. 마력은 유키 님한테서 대량
으로 받았고…… 자화자찬이지만 저 또한 마법사 소아란 님
의 사설비서라는 직함을 멋으로 달고 있는 게 아니거든요.
그리고——."

말을 끊고.

세실은 한층 더 크게 지팡이를 휘둘렀다.

"——제 능력 부족으로 그 여자에게 한 소리 듣는 건 제
자존심이 용납하질 않거든요!"

그 순간 펑, 하는 큰 소리와 더불어 갑자기 마법사 한 사
람이 나타났다.

결계 내부에서 눈을 희번덕대고 있는 그 모습이, 곁눈질

하면서 달려가다가 유리문에 머리를 박은 아이 같았다. 땅에 주저앉아 결계를 만지며 무슨 일이 일어났는지 모르는 듯한 얼굴을 하고 있었다.

세실은 흥, 하고 코에서 큰 한숨을 내쉬었다.

"나타났습니다!"

결계 내부에서 밖으로 나오는 건 불가능하지만 이쪽에서 안으로 들어가는 건 제약을 받지 않았다. 나츠는 결계 안으로 들어가더니, 나타난 마법사에게서 지팡이를 빼앗고 곧이어 결박했다. "확보!" 하고 외치자 경찰관이 달려와 그 신병을 인수인계받았다.

그리하여 잡힌 마법사에게 셋은 더 이상 흥미를 보이지 않았다. 지팡이를 쥐고 마법의 결계를 치는 작업을 계속해 나갔다.

"미안해요. 아무 일도 못 도와줘서요."

"아뇨. 그 마음만으로 정말 고마워요. ……게다가."

또 한 사람, 마법사가 나타났다. 말 그대로 기어서라도 도망치려고 했지만, 놓칠 리 없었다. 이번에는 다른 경찰관이 달려갔다. 머지않아 건물 입구가 열리고 안에서 마법사가 뛰어나왔다. 그 또한 경찰관이 포위했다. 놓칠 수 없지!

그 모습을 보면서 세실이 이어서 말했다.

"전 여기서 결계를 치고 도망치려고 하는 마법사들의 발을 묶는 작업은 가능하지만, 잡는 것까지는 손을 쓸 수 없어요. 당신들 경찰조직이 체포하는 일에 움직여주니까 전

여기서 지팡이를 휘두를 수 있는 거죠."

"······우리가."

"그러니까 유키 님이나 스푸트니크 님도 안을 제압할 수 있고 우리도 밖을 진압할 수 있어요. 유키 님도 그 사실을 알고 있어서 우리에게 역할을 부여해주고 이곳에 배치한 거겠죠. ······그 여자의 말을 따르는 건 상당히 아니꼽지만요."

그들이 안을, 우리가 밖을.

정말이지 정확한 판단이라고 세실이 툭 내뱉듯이 인정하는 것을 듣고,

나츠는 갑자기 소꿉친구의 말을 떠올렸다.

——그러니까 두 사람이 언제 어디서 힘들 때 서로의 좋은 점을 보완하면 되겠다 싶더라.

설마 지금 이 일을 예지한 건 아니겠지만——.

안에 있을 그를 생각했다.

"사방을 포위했어. ——이젠 너한테 맡길게."

하늘은 여전히 도톰한 구름으로 자욱했다.


4


마법소녀가 지키고,

유키가 공격하고,

스푸트니크가 찾았다.

그다지 넓지 않은 건물이다. 방도 많지 않다. 마법사도 거

의 쓰러졌거나 달아나서 움직이는 대상은 사라졌지만, 그런데도 클루의 모습은 보이지 않았다. 아무리 소리를 질러도 대답하지 않았다.

"……여기가 아닌가."

목소리가 살짝 쉬어 있었다. 이렇게 큰 소리를 지른 건 오랜만이었다.

턱에 손을 갖다댄 유키가 음, 하고 신음했다.

"그럼 아래에 있으려나?"

"아래?"

"저기."

유키가 휙 하고 가리킨 끝을 쳐다보자——.

유달리 검게 탄 철문이 있었다.

"지하로 내려가는 계단."

문 끝에 있는 것을 유키가 말했다. 뷔알톤 지부를 습격하자마자 유키가 마법으로 집요하게 부순 문이었다. 무엇을 위해서인가 싶었지만, 그 한마디로 스푸트니크도 마침내 의도를 알았다.

"주업무는 클루의 수색이지, 뷔알톤 지부의 마법사의 전멸이 아니야. 전이 마법을 사용 못 하는 녀석까지 연달아 가세해서 등장하는 것도 고생이니까 덮어뒀어. 하지만 1층에 없다면 지하도 살펴봐야지."

손잡이는 열로 인해 변형되어 있었기 때문에 그렇지 않아도 열기 힘들어 보였지만, 하얀빛이 폴폴 떨어지는 것을 보니 마법을 사용해서 봉쇄하고 있을지도 몰랐다.

바닥에 질질 끌리는 그것이 마침내 거추장스러워졌는지 유키가 로브를 벗어던졌다. '예의가 없다'는 듯이 사역마가 다가와서 다리 여덟 개로 능숙능란하게 로브를 개기 시작했다.

"그런데 이거 열 수 있어?"

스푸트니크는 문손잡이를 쥐고 살짝 움직여 보았다. 물론 변형된 철은 성인 남성 힘으로도 움직이지 않는다. 문이 열리는지 마법소녀가 확인했다.

잠시 살펴보더니 그는 "별거 아냐"라고 결론을 내렸다.

"다른 사람의 공격마법으로 문이 부서지지 않도록 팡숑이 방어마법을 걸어 놨어. 그걸 해제하고서 온 힘을 다해 문을 파괴하면 되겠지. 팡숑, 해제를⋯⋯."

"그런데 역시 기습은 전법으로 훌륭한 것 같아."

여전히 남의 말을 듣지 않는 유키는 다리로 바닥에 무언가 주문을 그렸다.

무엇을 하고 있는지 두 사람이 물을 새도 없이,

"그래서 필요 이상으로 파괴하지 말라고 했잖——아!"

마법소녀의 고함소리는 큰 구멍이 뚫리는 소리에 지워졌다.

유키와 유키의 마법에 휘말린 마법소녀가 돌 더미와 함께 낙하했다. 착지에 성공한 유키는 지하 1층 바닥에 내동댕이쳐진 마법소녀를 냉소적으로 쳐다보았다.

"고지식하기는. 협회의 방식에 물든 거 아냐?"

"네 파괴 방식은 한계를 몰라서 무섭단 말이야!"

……두 사람 다 무사해서 다행이야.

자, 이제는 어떡하지? 따라서 구멍으로 뛰어내려야 하나? 구멍 테두리에 앉았을 때

"뀨."

유리를 긁는 소리가 났다.

유키의 사역마가 우는 소리인 듯했다. 두 다리를 사용해 스푸트니크의 무릎 부분을 잡고 있었다. 기다리라는 건가.

동시에──.

"……어라?"

유키가 재미있다는 듯이 소리를 냈다. ──그 시선 끝에 마법사 한 사람이 있었다.

새로운 상대였지만, 스푸트니크는 낯이 익지 않았다. 상대에게 보이지 않는 위치로 이동해서 목소리를 들었다.

"네 녀석."

"어이어이, 이런 곳까지 쫓아왔어? 앨리스. ……아, 맞다. 코쿠디에 지부 구치시설 잠자리가 얼마나 아늑한지 못 들었었지?"

"최악이었어."

자세를 비스듬히 취한 마법소녀가 조롱하듯이 묻고 저주하듯이 상대가 말을 내뱉는 것을 보아 동료가 아니라는 사실을 알 수 있었다. 마법사 소아란을 구속했다던 패거리인가.

앨리스라고 불린 마법사가 말했다.

"마법사 소아란을 돌려줘."

"흥. 그런 꾀죄죄한 장소에 굴러다니고 있어서 틀림없이 필요 없다고 생각했는데? 필요 없는 건 재활용해서 내가 가져가도 되잖아?"

"필요해졌어. 자보트 님이 데리고 오라고 지시를 내렸어."

자보트. 클루를 납치했다는 마법사.

마법소녀의 목소리가 나지막해졌다.

"……예전부터 생각하던 건데, 앨리스. 자보트는 마법사 소아란에게 무슨 짓을 하려는 거야?"

"네가 알 필욘 없어. 얼른 그 남자를 이리로 데리고 와."

일촉즉발의 분위기에──.

"흐흐훗."

웃으면서 그들의 이야기에 끼어 들어온 사람은 유키였다. 두 사람의 시선을 받고 손을 파닥파닥 흔들었다.

"아. 미안. 네가 알 필요가 없다니, 완전 삼류 악당이 할 법한 대사여서. 일단 그렇다 치고 '량을 데리고 오라고 자보트한테서 지시를 받았다'는 건 앨리스, '넌 마법사 자보트가 어디에 잠복해 있는지 알고 있다'는 거네? 그리고 우리가 백기를 들 때까지 놓아줄 생각이 없다는 거고 말이지?"

"……."

앨리스는 대답하지 않았다. 대답할 필요가 없다는 태도였다. 주머니에서 꺼낸 지팡이 끝을 똑바로 유키에게 겨누었다.

유키는 여유로운 미소로 대했다. 그리고,

"들었지?"

그 한마디는 분명 스푸트니크에게 한 것이었다.

대답을 요구하지 않았다. 스푸트니크는 앨리스에게 들키지 않도록 구멍에서 슬쩍 거리를 뒀다.

두 사람의 모습이 보이지 않게 되고, 두 사람에게서도 스푸트니크의 모습이 보이지 않게 되었을 때——.

유키가 고함을 질렀다.

정말이지 신이 난다는 듯이.

"마법사 앨리스, 이 몸이 상대해줄게. 조력자라면 몇 명이든 불러. 내 여동생과 약혼자에게 손댄 죄—— 그리고 지금 이 몸에게 지팡이를 겨눈 어리석은 행동. 그 의미를 그몸에 철저히 새겨줄게!"


선언 직후 굉음이 울려 퍼지고——.

구멍 아래, 유키 일행과 마법사의 전투가 시작되었다. 폭발하는 빛, 달려가는 모습. 귀에 닿는 것은 파열음, 이따금 섞여든 마법소녀의 노성과 유키의 욕설.

스푸트니크는 생각을 바꾸었다.

이쪽은 클루를 수색하는 일을 계속해야 한다. 하지만 두 사람을 따라 바닥의 큰 구멍에 뛰어내리면 그들의 마법에 휘말릴 것이다. 그리고 상대가 걸어온 싸움에 유키는 상대를 철저히 때려눕힐 때까지 계속 싸울 것이다. 그렇게 되면 이대로 갈 순 없는 노릇이다.

그러면, 하고 계단으로 이어진 문을 쳐다봤지만 이쪽은

유키가 건 마법으로 변형된 채 잠겨 있었다.

그렇다면 어떻게 해야 할까, 하고 주변을 둘러봤을 때 단정하게 개어진 로브 옆에 앉아 지시를 기다리는 그것을 발견했다. 눈이 마주치자──아마도 마주쳤을 것이다──'드디어 내가 생각났구나'라며 몸을 일으키는 모습이 잘 교육받은 개 같았다.

"뀨우."

그리고 울었다.

시험 삼아 물어보았다.

"……너 이거 열 수 있어?"

"뀨."

유키의 사역마는 통통 뛰어올라 맡겨달라는 듯이 즐거워 보였다.

그렇다면. 스푸트니크는 잠시 생각하다 유키가 버리고 간 로브를 걸쳤다. 품이 넉넉한 로브가 스푸트니크에게도 잘 맞았다.

후드를 쓰고 조금 전에 주웠던 부러진 지팡이를 쥐고 변신 완료했다.

"가자!"

"뀨."

사역마는 통통 뛰면서 문 앞으로 가더니 문에 다리 하나를 덮었다. 닿은 순간 은은하게 발끝이 빛났지만, 바로 사라졌다. 그 후,

철컹.

큰 소리가 났다. 손잡이를 돌려서 잡아당겼다——요란한 소리가 나면서 경첩이 움직였다. 열린 끝에는 계단과 마법사 다섯 사람 정도가 있었다.

스푸트니크의 모습을 보자 그녀들은 일제히 표정이 굳었다.

"넌——."

"무사하신가요?!"

하지만 마지막까지 말하게 두지 않았다.

선수를 쳐서 스푸트니크가 외쳤다.

"전—— 긴급 사태가 벌어졌다는 정보를 듣고 마녀협회 본부가 보낸 사람입니다. 무사해서 다행입니다. 다치신 곳은 없으신가요?"

"없어. 본부는 구조하는 데 남자 한 사람만 보냈단 말인가."

"아닙니다. 다른 분들은 적을 제압하는 데 힘쓰고 있습니다. 전 구출 담당입니다. 얼른 건물 밖으로 피난하십시오! 적은 상당히 가학적인 듯하니 말입니다……!"

스푸트니크는 무심코 자신의 왼손에 시선을 보냈다.

쥐고 있는 지팡이는 부러져 있다—— 그 사실을 알아차린 마법사는 인상을 찌푸리고 지시를 따르기로 한 모양이었다.

다른 마법사를 선두에 서도록 하고 밖으로 이어지는 문으로 향하게 한다. 그거면 됐다.

"규."

계단 부근에 모여 있던 마법사들이 모두 사라지고 사역마가 스푸트니크를 보고 울었다.

──거짓말 잘한다고 말하고 싶은 거냐? 눈을 본떠서 박혀 있는 푸른 보석 두 개 사이에 주름이 살짝 져 있었다.

헝겊인형인 주제에 묘하게 표정을 가지고 있는 녀석이다.

"나한테 이것저것 주입한 건 원래 네 주인이야. 나한테 그런 표정 짓지 마."

사역마를 어깨에 올려놓은 채 스푸트니크는 앞으로 갔다.

어두컴컴한 계단을 내려가자 모퉁이에 문이 있었다. 지하 2층은 없는지 계단은 그 이상 이어지지 않았다.

문은 망가지지 않았다. 슬쩍 열어보자──.

──굉음.

"요란하네……."

"뀨."

사역마가 네 누나야, 라고 말하고 싶은 듯 울었다. 네 주인이거든? 하고 쏘아주고 싶었지만 괜한 소리를 지껄일 여유는 없다.

뒤집어쓰고 있던 후드를 잡아당겨 최대한 얼굴을 가리고 복도를 걸어갔다. 계단을 내려온 탓에 약간 틀어진 위치 감각을 바로잡고 주변을 둘러보았다──복도 바로 앞의, 왼쪽에 있는 방 하나에 마법사 한 사람이 있는 것이 보였다. 유키가 뚫은 구멍 바로 밑에 해당하는 장소다.

열어 젖혀진 문에서 안을 슬쩍 들여다보자 역시 그곳이야 말로 연기와 빛, 그리고 굉음의 발생원이었다.

조금 전에 방에 들어가 있던 마법사는 앨리스에게 가세하고 있었다. 앨리스의 조력자는 그 한 사람뿐만이 아니었고, 사람 수 차이에서 말하자면 유키와 마법소녀 콤비 쪽이 명백하게 열세했지만, 간단히 무너질 것 같지는 않았다.

두 사람은 요란하게 자리를 휩쓸며 지나치게 충분할 만큼 보란 듯이 역할을 다하고 있었다.

그래서 이쪽도 잠입요원으로서의 역할을 다하기로 했다. 건물 내를 수색하는 것이다.

방 하나하나를 확인해나갔지만, 있다고 해도 비 전투요원인 마법사로 누군가의 지시를 기다리며 어쩔 줄 몰라 하는 녀석들뿐이었다. 스푸트니크가 밖으로 피신하라고 외치면 바로 계단으로 발걸음을 옮겼다.

방을 샅샅이 확인했지만 방의 개수는 이쪽도 그다지 많지 않았다. 열어도 안에는 아무도 없었다. 책이나 책상이나 서류 등 업무에 사용되던 것으로 보이는 물건들뿐이었다.

이곳도 꽝인가 하고 방에서 나갔을 때.

"뀨."

사역마가 한 번 울었다.

"왜 그래?"

"뀨, 뀨."

무언가 말하고 싶은지 아등바등 어깨 위에서 허우적거렸는데, 유키만큼 이것과 의사소통이 되지 않는 스푸트니크에게는 뭉친 어깨를 푸는 것 정도밖에 되지 않았다.

이윽고 전하는 것을 포기했는지 화가 치밀어 오른 사역마는 스푸트니크의 뺨을 때렸다──때린 셈일 테다. 꾸욱 하고 폭신폭신한 앞발로 스푸트니크의 뺨을 누르고 나서 바닥에 뛰어내렸다.

"뀨."

조금 가서 돌아보았다.

"뭘 찾은 거야?"

물어보자 휙 돌아섰다.

몸을 낮추고 개가 냄새를 맡는 듯한 자세를 취했다. 거미가 코가 발달했던가 하고 생각했지만, 이건 단순한 거미가 아니라 마법으로 태어난 유키의 사역마다. 천하의 마법소녀조차 경고할 정도인 생물, 겉보기 이상의 기능을 탑재하고 있어도 이상하지 않다.

움직이는 인형이 바닥을 기어가는 것을 다 큰 남자가 보고 있는 그림은 타인에게 절대로 들키고 싶지 않다고 불쾌한 마음이 들기 시작했을 무렵, 사역마의 직성이 풀린 듯했다. "뀨우우" 하고 지금까지와는 다른 소리를 지르고 단숨에 달려가기 시작했다.

"야, 야, 기다려, 야!"

제멋대로인 점은 주인과 아주 닮았다.

서둘러 그 뒤를 쫓아가자──.

*

언제였더라.

스푸트니크 보석점 종업원 클루가 "신규 고객을 유치하고 싶다"는 말을 꺼낸 적이 있다.


그에 대해 스푸트니크가,

"······왜?"

라고 물은 것은 '왜 갑자기 그런 소리를 꺼냈는가' 하는 의미도 있었고, 그렇게 말한 클루가 낯선 피리를 들고 있는 것에 대해 '피리에 무슨 이유가 담겨 있는가' 하는 의미도 있었다. 알고 지낸 지 짧지 않지만, 여전히 그녀의 모든 발상을 이해한다고는 말하기 힘들었다. 이번의 이 피리도 마찬가지다.

그녀는 스푸트니크가 궁금증을 품는 것도 당연하다는 듯이 의젓하게 고개를 끄덕였다. 피리를 물고,

삐익——.

피리를 떼더니,

"네."

"뭐가 네야."

피리를 한 번 부는 걸로 상대에게 무엇을 이해시키려고 하는 건지.

카운터에 팔꿈치를 대고 턱을 괴면서 역시 자신만만하게 서 있는 클루를 쳐다보았다. 요령을 몰라서 순서대로 물어보기로 했다.

"우선, 첫 번째. 그 피리는 뭐야?"

"세로피리예요."

"그래?"

삐익——.

아니, 틀렸어.

그게 알고 싶은 게 아냐.

"무슨 뜻으로 피리를 가지고 나온 거야?"

"그게 말이죠."

피리를 오른손에 쥐고 지휘봉처럼 휘둘렀다.

그러고는 쿨럭쿨럭 헛기침하고서 보석 하나를 토했다. 손수건에 싸서 주머니에 넣고서 마침내 생각을 정리한 듯했다. 이야기하기 시작했다.

"안나네 가게에 놀러 갔는데요, 신상품 선반에서 이걸 팔고 있더라고요. 루안이랑 셋이서 하나씩 사서 같이 불었더니 재미있더라고요."

"흠."

"그래서 부는 거예요."

"그래?"

삐익.

"그리고 눈에 띄기 때문에 고객을 모을 수 있을 것 같아요."

백번 양보해서 그 논리가 통한다고 쳐도 점내에서 불어야 할 의미가 어디 있을까.

거리의 광장에서 삐익, 뻭——삐익삐익 하고 즐거운 듯이 피리를 부는 아이를 상상했다. 재미있는 구경거리라고 생각해 모여드는 사람도 있을지도 모르지만, 스푸트니크의 감성에서 보자면 대단히 소음으로 여겨질 것이다.

삐익 하고 유난히 긴 한 음, 그 후에 숨을 돌리기 위해 한 숨을 쉬는 타이밍에 "알겠어" 하고 스푸트니크가 클루에게 말했다.

"두 번째 질문으로 갈게. 왜 신규 고객 유치가 우리 가게에 필요하다고 생각해?"

정확하게 "새로운 고객이 찾아와줬으면 좋겠으니까요"라고 했지만, 결국엔 그 말이 그 말이다. 스푸트니크가 다시 질문하자 클루는 고개를 꾸벅 끄덕이고,

"가게가 망할지도 몰라요."

"누구 맘대로 내 가게가 망해?"

재수 없는 소리도 유분수지.

"그게, 그러니까. 스푸트니크는 술도 많이 마시고 여자도 엄청 밝히니 돈이 부족해지면 곤란해요. 그래서 쿠가 열심히 손님을 불러 모아야 해요."

하지만 가게의 자금 융통은 거의 양호했고 자금 마련에 진땀을 빼야 할 상황과는 거리가 멀었다. 술값이라면 나름대로 절약……을 딱히 하고 있지는 않지만, 여자관계……도 딱히 자중하고 있지는 않지만, 오늘내일 갑자기 경영이 어려워질 만큼 교제에 돈을 쓰기 시작하는 멍청한 인간은 아니었다.

물론 새로운 먹잇감──아니, 신규 고객을 유치할 수 있다면 더할 나위 없겠지만, 종업원에게, 그것도 회계장부도 못 읽는 아이를 밖으로 내몰아야 하는 상황은 아니다.

그런데 어째서 느닷없이 그런 제안을 하기 시작했을까.

"스푸트니크, 괜찮아요. 쿠가 밖에서 스푸트니크가 마실 술을 살 돈, 벌어올 테니까요."

대단히 듣기 거북했다.

점내를 걸으면서 또다시 삑삑 피리를 불기 시작한 클루를 보고 스푸트니크는 재차 한숨을 쉬었다.

정말이지 아이라는 건 어른 손에서 길러지는 주제에 어른이 파악하기 힘들고, 어딘가에서 쓸데없는 지식을 얻어 와서는 마음대로 이런저런 생각을 하다가 정답을 세 바퀴 반 비튼 듯한 결론에 도달한다.

그 과정도 논리도 어른이 이해 불가능하고──삐익 삐익 삐이이익.

"……야, 쿠."

삑.

"피리로 대답하지 마."

"네."

어찌 되었든 점내에서 삑삑 시끄럽게 구는 건 더 이상 참아주길 바랐다. 그래서,

"점주로서 명령할게. 신규 고객 유치를 위한 외근 영업을 뛰고 와."

"네에!"

클루는 왼손에 피리를 쥐고 빈 오른손을 높이 치켜들더니 늘 그렇듯 씩씩하게 대답했다.

피리를 한 손에 들고 "점주의 명령이니까 영업 활동에 온 힘을 다 쏟고 오겠습니다. 에헤헤" 하고 서둘러 문을 나서는 종업원을 바라보면서 분명 자신도 애송이였을 때는 이목을 모으려고 영업 활동을 했었다는 생각이 떠올랐다.

일이 잘 풀린 적도 있거니와 물을 뒤집어쓰거나 집 지키는 개에게 쫓겨 다닌 적도 있다. 그중에서도 가장 심했던 건 추운 날의 일이었다. 아직 학교를 벗어난 지 얼마 되지 않았을 무렵의 일로…… 들려줄 상대도 없는 실패담을 떠올려봤자 마냥 공허해질 뿐이기에 스푸트니크는 생각을 멈췄다.

스푸트니크는 클루가 성가셔서 내쫓으려고 외출하게 했고, 클루도 놀이 삼아 나갔을 테다. 애초에 리아피아트 시에 보석점은 하나밖에 없기 때문에 장신구와 관련된 용건이 생기면 리아피아트 시 주민의 대부분이 자동적으로 스푸트니크 보석점을 의존할 수밖에 없고── 게다가 피리 연주자 클루의 '영업 활동'으로 정말 신규 고객이 유치되리라고는 꿈에도 기대하지 않았다.

그래서 몇 시간 후,

"고객님을 데리고 왔습니다!"

의기양양하게 클루가 돌아왔을 때는 졸음 기운에 허우적

대던 머리가 단숨에 각성되었다. 설마 그럴 리가. 그런데 대체 어디서 데리고 온 거지? 이유가 어찌 됐든 새로운 지갑이 생기는 건 감사한 일이다——.

그런데.

"후후훗. 스푸트니크 씨, 실례할게요."

"일 제대로 하고 있어?"

"……너희였어?"

이 두 사람의 어디가 신규 고객이란 말인가.

지갑을 꽉 닫은 단골만큼 장사에 방해되는 건 없다. 스푸트니크는 방문한 '신규 고객'——리아피아트 시 주민인 나츠와 엘사를 향해 쫓아내듯이 오른손을 흔들었다.

"놀리려면 가."

"어라. 아니거든요? 오늘은 버젓하게 손님으로 왔거든요? 귀여운 호객꾼에게 이끌려서 말이죠."

"만약을 위해 말해두지만 우리는 널 만나러 온 게 아니야. 클루의 한결같이 성실한 업무 태도에 마음이 움직인 거야."

"흐음."

스푸트니크에게 싸움을 걸기 위해 나츠가 한 말을 클루는 액면 그대로 받아들인 것 같았다. 피리를 쥐고 있지 않은 쪽의 손을 자신의 뺨에 갖다 댔다. 그리고,

"천천히 둘러보세요!"

장래가 유망한 종업원에게 슬슬 상품을 구입할 마음이 없는 상대를 대하는 접객방식도 가르쳐야 할 것 같았다.

클루는 방긋방긋 기쁜 듯이 웃으며 이런 말을 했다.

"스푸트니크, 손님이 오셨어요. 다행이죠?!"

……단순한 궁금증이 들었다. 클루는 우리 가게의 경기가 나쁘다고 생각하는가?

행상인으로 돌아다닐 적의 고객에게 지금도 좋은 대접을 받고 있고, 스푸트니크 보석점에 오는 먼 곳에서의 의뢰도 많다.

편지를 쓰거나 맡은 일을 해내는 등, 방문하는 손님은 없어도 일은 있다. 지금도 상대방에게 주문받은 반지에 대해 견적서를 쓰던 차로, 혼자서 하는 작업에 살짝 졸음이 온 건 사실이지만 일은 제대로 했다.

그런데 어째서 오늘따라 클루는 호객과 일에 고집을 부리는 걸까. 돈이 없다는 소리를 어딘가에서 했던가? 갈수록 영문을 알 수 없었다.

어쨌거나. 스푸트니크는 카운터에 나란히 놓은 견적서와 편지지를 정리했다. 이렇게 정신이 사나워서는—— 아니 가게에 고객이 오면 사무 업무는 볼 수 없다.

"뭐, 됐어. 업무 의뢰라고? 뭘 하면 돼? 갖고 싶은 게 뭔데?"

"특별히 없어."

"물이라도 뒤집어쓰고 싶어서 그래?"

앞으로 양동이를 준비해둬야 하나.

서로 노려보는 스푸트니크와 나츠 사이에 엘사가 은근슬쩍 가르고 들어왔다.

"이곳에선 상품 판매 말고도 여러 가지를 하고 계셔. 예전에 브로치 수리를 부탁드린 적 있는데 예쁘게 고쳐주셨어."

"그래. 그리고 액세서리 주문 제작도 하고 있어."

"어머, 멋지네. 디자인 가격은 얼마나 해?"

"디자인?"

고개를 갸웃거린 건 나츠였다. 액세서리와 인연이 없는 사람이기에 확 와 닿지 않는 듯했다.

어차피 의뢰할 마음은 없을 테니 이면지면 충분하다. 쓰레기통에 버린 전단지를 한 장 주워서 펼쳤다.

"나츠를 예로 들면."

"뭐야?"

시비조였지만 특별히 이번만큼은 나츠의 무언가를 왈가왈부하기 위해 이름을 부른 게 아니었다. 단순한 예제였다.

허리에 댄 손을 응시하고 손끝에서 허리까지 간단히 베꼈다. 그리고,

"진주 하나가 달린 팔찌. 사슬은 가느다란 금, 잠금쇠는 물방울 형태로 하고…… 어차피 평소엔 안 끼고 다닐 테니 특별한 기회를 위해 구입하는 거겠지. 그렇다면 다소 가격이 나가도 보기 좋은 알이 큰 진주와 양질의 금을 사용한 게 좋을 거야. 사슬이 아니라 와이어도 좋을지도 모르고."

머릿속에 떠오르는 형태를 말함과 동시에 펜을 휘갈겼다. 사람의 시선을 느끼면서 그리는 건 시간이 아무리 지나도 익숙해지지 않지만, 못하는 것도 아니다.

"이렇게. ……그 외에도 고객의 요청에 따라 디자인을 해. 액세서리 자체의 이미지라든가, 착장했을 때의 이미지를 각도를 바꿔서 여러 패턴으로 그려 고객에게 제공해. 디자인화를 가지고 다른 가게에 제작을 맡길 염려도 있어서 우리 가게에서는 선불을 받고 있지."

"와아……."

나츠가 감탄한 듯이 중얼거린 것은 스푸트니크 보석점의 주문 시스템에 대해서가 아닌 듯했다. 전단지를 들고서 뚫어지게 보며 "정말 잘 그렸네"라고 이어서 말했다.

겸손을 떨 마음은 없었다. 스푸트니크는 흥, 하고 코웃음을 쳤다.

"이 일로 밥 먹고 사니까."

"슥슥 그리는 것 같은데 정말 잘 그렸네요. 손톱 형태까지 나츠의 손가락을 그대로 잘 옮겼어요."

"익숙하니까. 그림 그리는 것 자체는 어렵지 않아. 정말 어려운 건──."

"저기, 저기."

타인이 말을 주고받는 모습을 보고 있다가 부러워졌는지 클루가 가르고 들어왔다. 자기주장을 펼치듯이 손을 들고 있었다.

"왜?"

"쿠도 액세서리 디자인을 해줬으면 좋겠어요. 돈도 제대로 지불할 테니까요."

흠.

종업원이기는 하지만, 의뢰를 거절할 이유도 없다. 가끔은 점주의 일솜씨를 확실히 보여줘도 될 듯했다.

"알겠습니다. 어떤 액세서리를 원하시나요? 고객님."

일부러 격식을 갖춰 말하자 클루는 눈을 동그랗게 뜬 후 에헤헤 하고 웃었다. 그리고.

──그림 그리는 것 자체는 어렵지 않아.

만드는 데는 기술이 필요하고 공부도 필요하지만, 그 또한 좋아서 하는 거니 받아들이고 있다.

정말 어려운 건──.

"쿠한테 어울리고 어른스럽고 요염하고 우아하고, 그리고 엄청 섹시한 게 좋아요!"

고객의 터무니없는 주문이다.


신규 고객 유치에도 성공했고 디자인 주문도 했기에 클루는 경영에 대해 열정을 품었던 일 따위 완전히 잊은 듯했다. "피리 정리하고 올게요!" 하고 신이 나서 말하더니 안으로 들어갔다. 자신의 방으로 간 걸 테다.

땅딸막한 아이에게 어울리는 섹시하고 어른스러운 액세서리라는 난제를 남기고 갔지만, 느닷없이 기이한 행동을 하는 것보다는 훨씬 심장 건강에 좋을 테다. 아마도.

"애들 속은 도통 알 수 없단 말이지, 정말."

유리 케이스의 상품을 바라보고 있던 불청객 이인조가 스푸트니크가 중얼대는 소리를 들었는지 동시에 이쪽을 쳐다보았다.

"스푸트니크 씨, 육아 고민이라도 있어요?"

육아를 하고 있지도 않고, 고민이라고 할 정도도 아니지만.

스푸트니크는 오늘 클루가 한 기행을 대충 이야기했다.

──그러자,

"나츠."

"흐음……."

아무래도 짐작 가는 바가 있는지 두 사람은 얼굴을 마주보았다.

엘사는 나츠를 타박하는 듯했고, 나츠는 살짝 겸연쩍게 웃었다.

"아는 거라도 있어?"

"아는 거라고 할까요…… 분명 이거인 것 같은데."

"응?"

엘사가 카운터에 놓여 있던 종이를 주워들었다.

그건 조금 전에 나츠의 팔을 그린 전단지였다. 그 본래의 용도가 그려진 면을 스푸트니크에게 내밀었다. '파트릭크 도넛점 폐점 세일── 오랫동안 사랑해주셔서 감사합니다'라고 되어 있었다.

"광장 근처에 있는 도넛 가게군."

"네. 파트릭크 씨 말이죠. 부모님이 고령이셔서 본가로 돌아가 그쪽 가게를 잇기로 했대요. 클루가 오늘 친구랑 셋이서 도넛을 사러 갔던 모양인데, 그걸 보고 스푸트니크 보석점도 언젠가 문을 닫지 않을까 걱정이 됐나 봐요."

"흠."

스푸트니크는 가출해서 돌아갈 집 따윈 없는 신세였다. 또한 가령 돌아간다고 해도 가업을 이을 마음은 전혀 없다. 우리 종업원도 정말 걱정이 많은 녀석이다.

"그런데 거기서 우연히 마주친 나츠가 '괜찮지 않을까? 그야 물론 돈을 못 벌면 가게를 닫아야겠지만'이라고 했대요."

"다, 단순한 일반론이잖아."

나츠가 변명하듯이 말에 끼어들었다. 하지만 엘사는 개의치 않았다.

"그랬더니 클루가 '어떻게 하면 쿠가…… 쿠가 스푸트니크랑 같이…… 그런데 손님이 안 오면 돈이 없으니…… 돈이 없으면 스푸트니크는 종업원을 고용 못 하니까……'라고 했대요."

그만 혀를 차고 말았다.

"쓸데없는 소리나 하고."

"내 말이 경솔했다는 건 지금은 반성해."

"나츠는 제가 호되게 혼쭐낼게요."

입술을 삐죽 내민 나츠 옆에서 엘사가 어깨를 으쓱했다. 그리고.

"여러모로 민폐를 끼쳤을지 몰라도 클루는 혼내지 말아줘요. 클루는 단지 이 가게를 소중히 여기고 있을 뿐이에요.

그리고 그 이상으로──."

그 이상으로.

뜸을 들이고 엘사가 말했다.

"스푸트니크 씨랑 같이 있고 싶을 뿐이고요."

……그때의 자신은 그랬다.

그 바보는 대체 무슨 시답지 않은 고민을 하고 있냐고 생
각했었다──.

5

사역마는 복도를 꺾고 나서 보이는 모퉁이에서 발을 멈추
고 있었다. 쫓아온 스푸트니크를 올려다보고 "뀨" 하고 한
번 울었다──. 모퉁이에는 양쪽으로 여는 거대한 문이 있
었다.

"……이 안쪽에 가고 싶어?"

"뀨."

노크를 두 번 했다. 안에서 반응은 없었다. 기척도 느껴지
지 않았다. 위험하게 보이지는 않았지만, 어디까지나 그건
스푸트니크의 짐작이다. 숨을 죽이고 누군가 기다리고 있
을 가능성은 충분히 있다.

유키 일행이 쫓아오기를 기다려야 하나. 하지만 유키 일
행이 내는 파열음이 여전히 그치질 않는 걸 보아하니 아직

정리가 끝나지 않은 모양이었다.

사역마가 툭툭, 문에 기를 쓰고 덤비고 있었다. 문은 꿈쩍도 하지 않았다.

무리라는 사실을 깨달은 사역마는 다음으로 도구에 의존해보기로 한 듯했다. 실을 짜서 굵은 끈을 만들어 툭툭 두드리기 시작했지만, 물론 효과는 없는 거나 마찬가지였다.

"내가 해볼게. 물러서."

문에 손을 갖다 댔다. ──싸늘한 철의 감각.

세로로 긴 두 손잡이를 각각 잡고 밀었지만, 반응이 없었다. 잡아당겨 보기도 했지만, 철컹 하는 단단한 소리가 문이 움직이는 것을 막았다. 살펴보니 손잡이 밑에 열쇠 구멍이 있었다.

열쇠 구멍. 마법으로 봉해져 있다면 열쇠로 열어보려 해도 열릴 리 없지만,

"……시도해볼 가치는 있겠지."

그게 좋은 방법이든 아니든 별개로 치고, 사용하는 데 익숙한 도구함을 허리에 차고 온 보람은 있는 모양이다. 문 앞에 무릎을 꿇고 도구함에서 가느다란 바늘을 꺼내 열쇠 구멍에 꽂았다. 바늘을 미세하게 움직이다 보니──.

바늘 끝이 무언가를 움직이게 하는 감각이 들었다.

금속질의 소리가 났다.

"뀨, 뀨."

번역하자면 잘했어쯤 되려나. 등에서 머리로 기어 올라가

머리카락을 헝클어뜨리듯이 여덟 개의 다리가 머리를 문질렀다.

사역마를 머리에 태운 채 스푸트니크는 섰다.

손잡이를 잡고 잡아당겼다.

마법으로 제약이 걸려 있지 않았다. 겉보기와 마찬가지로 묵직했지만, 그럼에도 부드럽게 움직여주었다. 경첩 소리는 딱히 크지 않았고, 오래되어 보이는 외양과 정반대로 자주 사용하는 방이라는 사실을 알 수 있었다.

대체 뭐가——.

"……여긴."

새까만 공간이 그곳에 있었다.

열어젖힌 문에서 빛만으로 알 수 있는 것은 적었다. 실재 바닥 재질은 돌이었고, 색은 칙칙한 하얀색이었다. 정확하게는 상아색에 가까웠다. 방 규모는 넓이가 어느 정도 되었지만, 빛이 전혀 없어서 뚫어지게 응시해도 알 수 없었다. 하지만 움직이는 게 있으면 알 수 있을 테니 실내에는 아무도, 또는 아무것도 없다는 사실을 깨달았다.

하지만 만약을 위해.

"쿠. ……여기 있어?"

역시 대답이 없었다.

주머니에서 담배용 성냥을 꺼내서 긁어 불을 만들자, 안을 볼 수 있었다. 벽에 손을 짚고 방 안을 걸어가기 시작하자 입구 근처 벽에서 촛대를 발견했다. 불붙은 성냥을 가까이 가져갔다──그러자.

그게 무언가의 스위치였는지 사방의 벽에 있는 모든 촛대가 일제히 밝아졌기 때문에 한심하게도 비명을 질렀다.

"······방이 넓네."

동요하는 마음을 숨기기 위해 중얼거리자 발밑에서 사역마가 "뀨" 하고 울었다.

방 여기저기에 불로 지진 듯이 그을음과 누런빛이 남아 있는 것은 무언가의 마법이거나 실험의 흔적일까. 복도나 입구 등 다른 장소에 비해 오래전부터 수리도 하지 않고 사용하고 있다는 것을 쉽게 알 수 있었다.

바닥과 벽은 모두 상아색이었다. 다만 바닥에는 전체적으로 먹으로 수수께끼의 문양이 그려져 있었다. 스푸트니크는 의미를 알 수도, 읽을 수도 없는 문양의 나열을 응시했다. 방이 으스스한 이유는 이 때문이다. 실제로 일정한 법칙이 있다고 해도, 사람은 자신이 이해할 수 없는 것에 대해서 혐오감을 느낀다.

손끝으로 문질러보았지만 직접 새겨 넣은 듯 지워지거나 번지지는 않았다.

방구석에 벽에 딱 붙이다시피 해서 백목의 큼직한 책상이 놓여 있었다. 그 위에는 지도 두 장이 있었는데, 대륙을 그린 것과 뷔알톤 주위를 그린 것이었다. 그 외에는 서류가 여러 장 있었지만, 스푸트니크가 모르는 언어로 쓰여 있어서 읽을 수 없었다. 그 글자는 왠지 나무 문양과 비슷했다.

그리고 방 중앙에는 목재로 된 정육면체가 있었다. 그 위에 주먹 크기만 한 보석 하나가 덩그러니 놓여 있었다. 다가가기에 아주 조금 망설여졌지만, 고민한 끝에 보석상으로서의 호기심이 이겼다.

만지지 않고 보석에 얼굴을 가까이 가져갔다. 주황색을 띠는 그 보석에 흠집은 적었고 불순물이 섞여 있지도 않았다. 크기도 훌륭했으며 어린아이의 머리 정도는 되었다. 시장에 흘러나가면 가격이 상당히 붙을 거라는 생각을 하는데 언젠가 알게 되었던 사실을 떠올렸다.

보석은 마력을 담는 물통.

발밑에 펼쳐진 수수께끼 문양을 내려다보았다. 이 보석에 담을 수 있을 만큼의 마력을 담았다고 하면 대체 어떤 마법을 사용할 수 있을까?

"이건——."

"장거리 전이 마법."

시야 밖에서 목소리가 들려서 흠칫 하고 돌아보았다. 그곳에는——.

"유키."

방 입구에 유키가 홀로 서 있었다.

"적들은?"

"급하게 마무리 짓고, 뒤처리는 량에게 맡겼어. 필요한 건 들었으니까."

오른손으로 반대쪽 어깨를 두드렸다. 새어 나온 한숨에

피곤한 기색이 짙었다.

　주인과 재회해서 역시 기뻤는지 사역마는 폴짝폴짝 뛰며 유키의 발밑으로 다가갔다. 유키는 달라붙는 사역마에게는 흥미가 없는지 발밑의 문양을 응시하고 있었다.

　"장거리 전이 마법에는 대량의 마력이 소비되니까, '보통' 마법사가 단독으로 발동시키는 건 아무튼 어려울 거야. 여러 사람이 모여 마력을 모았을 때 한 사람을 겨우 보낼 수 있고 말이지. 그리고 '시조님의 제약'도 있으니 대륙 어디든 순식간에 날아갈 수 있는 것도 아냐. 요즘엔 철도라는 게 발달되었잖아. 마법사들의 기술 성장 정도를 고려하면 앞으로 마법이라는 기술은 쓰이지 않게 될 거라 생각해."

　말하는 내용치고는 유키의 어조는 담담했고 동료들의 미래를 우려하지도 않았다. 당연한 사실을 단지 당연한 듯이 받아들이고 있는 그런 분위기였다.

　그때 갑자기 지금 이 상황과는 전혀 관계가 없는 것을 떠올렸다. ——마법사를 싫어하는 유키라는 사람에 대한 것.

　그녀는 마법사를 싫어했다. 그것을 스푸트니크는 다른 보석상들과 마찬가지로 '자신들에게는 없는 꺼림칙하면서도 특별한 힘을 휘두르고 거만하게 행동하는 존재'로서 싫어한다고 철석같이 믿었는데.

　그렇지 않았다. 그녀 또한 '특별한 힘'을 가진 마법사니까 말이다.

　그렇다면 그녀는 마법사의 무엇을 싫어하는 걸까.

——장래성이 없고, 너무나도 보수적인 성질을 싫어한 걸까.

입을 다물고 있는 스푸트니크를 보고 유키는 훗 하고 웃었다.

"……괜한 이야기를 꺼냈나 보네."

유키는 고개를 갸웃거렸다. 흐트러진 머리 한 줄기가 얼굴을 가렸다.

그 자리에 앉아 바닥의 문양을 검지로 따라 그렸다.

"마법사는 마법을 발동시킬 때 때론 마법도구를 사용해. 마력을 증폭시키는 지팡이, 하늘을 나는 빗자루, 떨어진 곳에 있는 사람과 대화하기 위한 거울—— 이건 떨어진 곳에 이동하기 위한 도구."

"행선지는?"

"효력의 범위 내라면 어디든지 갈 수 있어. ……단지 앨리스가 말하기로는."

말을 멈추고 침묵을 지켰다.

무언가 생각하는 모양이었다.

"유키?"

왼손으로 잡고 있던 무언가를 툭 던졌다. 발밑의 사역마가 쪼르르 움직여서 용케도 받았다. 동그란 손거울이었다.

"들려?"

"응."

거울 안에서 목소리가 들렸다.

나지막하게 억누르고 있었지만, 분명 들은 적 있었다.

"일라쟈?"

"그 목소리는 점주님이신가요?"

이윽고 사역마의 등에서 거울 표면이 흔들려 스푸트니크가 아닌 얼굴을 비추었다.

마법사 일라쟈였다.

"뷔알톤 지부에서 팡송과 유쾌한 동료들이 코쿠디에 지부 알라쟈 씨께 연락드립니다. ——그쪽은 어떤 느낌이죠?"

"네. 소아란 님이 납치당했다고 하여 지부 내는 어수선합니다. 저는 '서류 정리를 하고 있다가 갑자기 잠이 들었고 정신을 차리고 보니 서재에 있었습니다. 마법소녀가 잠들게 했을지도 모릅니다'라고 전했더니 더 이상 아무도 아무것도 묻지 않았습니다. 제 연기력도 꽤 쓸만한가 봅니다."

훗, 하고 가슴을 펴는 일라쟈가 보였다.

굳이 따지자면 평소의 어설픈 행동 때문에 일라쟈에게 알아낼 정보가 더 이상 없다고 판단했을 뿐인 듯한 느낌도 들었다.

그리고, 하고 일라쟈는 뜸을 들이더니 가장 중요한 정보를 이어서 말했다.

"클루 씨는 보이지 않았습니다."

"그렇군요……."

마치 일라쟈가 그렇게 보고할 것을 예상하고 있었던 듯했다.

잠복 가능성이 있는 곳 중의 하나였지만 보이지 않았다는 말을 들었는데도 유키는 침울한 기색을 드러내지 않았다.

"고마워요. 조심해요."

"네. 여러분도 몸조심하세요."

유키가 검지 끝을 빙그르 돌리자, 그에 응해서인지 거울은 다시 수면에 돌을 던진 것처럼 일렁였고—— 스푸트니크의 얼굴을 재차 비추었다. 일라쟈의 모습은 사라졌고, 목소리도 더 이상 들리지 않았다.

방이 쥐 죽은 듯 고요해졌고 스푸트니크는 생각했다. ——조금 전까지 둘이서 무슨 이야기를 하고 있었더라? 하지만 스푸트니크가 떠올리기 전에, 또다시 걸어야 할 말을 떠올리기보다 앞서 유키가 불쑥 말했다.

"……클루는."

사랑스러운 여동생의 이름을 부른 그녀는 스푸트니크를 보지 않았다.

바닥을 응시하고 있었지만, 마법진을 응시하고 있는 것과도 조금 달랐다.

"클루는 지금 마녀협회 본부 직할 연구소 별실에 있어."

"별실?"

"앨리스가 실토했어. 량이 마법소녀로 변장해서 파괴해…… 지금은 출입금지가 된 그 시설이라고 하면 이해하기 쉬우려나. 자보트는 지금 거기에 있어."

"장소는 알아? 거기에 갈 수단은?"

"갈 수 있어. 나라면 지금 당장이라도."

유키라면——팡숑쯤 되는 마법사라면 거뜬할지도 모른다.

"하지만."

역접이 이어졌다. 유키의 시선은 여전히 이쪽을 향하지 않았다.

"그 전에 나한테는. 만나야 할 사람이 있어."

그게 클루보다도 중요한 거야?——라고 목까지 올라오던 말을 삼켰다. 언급할 필요도 없는 그 사실은 이미 저울로 잰 결과일 테다.

유키는 그렇게 해야 한다고 이미 결론을 내렸다.

"그럼."

유키가 만나야 하는 사람이 있다고 하면 대신해서——아니. 대신이 아니다.

다른 누구도 아닌.

"나를 쿠가 있는 곳으로 보내줘."

그렇게 말하자.

마침내 유키가 고개를 들었다. 안경을 벗고—— 렌즈에 간 금을 잠시 바라본 후 바닥에 버렸다. 시야가 흐릿하지 않을까 염려했지만, 생각해보면 그녀의 안경은 변장용이다. 맨눈으로도 아무 문제가 없다.

실제로 유키는 지금도 여전히 아무 문제 없이 스푸트니크의 눈을 뚫어지도록 봤다.

"마법사가 아닌 너 한 사람을 가게 해서 무슨 의미가 있겠어?"

시선이 날카로웠다. 유키는 스푸트니크의 역량도, 마법사 자보트의 역량도 정확하게 알고 있다. 또한 스푸트니크

도 자신이 마법사와 정면으로 승부한들 도저히 당해낼 수
없다는 사실을 알고 있다.

하지만 그럼에도,

"난 그 녀석을 지켜야 해."

웃지 않는 유키의 눈을 당당하게 바라보았다. 평소라면
바로 시선을 피했을 테지만 지금은——.

시간이 얼마나 지났을까.

"……스푸트니크."

유키가 스푸트니크를 불렀다.

"난……."

무언가 말하려다가.

입을 다시 다물었다. 주저하는 듯한 침묵 후에 재차 말이
이어졌다.

"내가, 즉 팡숑이 죽게 되어 우리가 같이 살 수 없게 되었
을 때 그 아이는 혼자 연구소에 보내졌어. 그리고 연구소가
붕괴된 후 그 아이는 혼자 행방불명이 되었지. ……우리가
잃어버린 그 아이를 스푸트니크가 찾아줬을 때 난 진심으로
안도했어. 그리고……."

그리고.

그 이상으로.

"점주인 네가 그 아이를 '고용한다'고 해줘서 고마웠어.
앞으로 그 아이가 혼자서 괴로워하는 일이 없도록 진심으로
기도했어."

사랑스러운 여동생과 더불어 살아갈 수 없었던 언니의 말이었다.

유키가——팡숑이——얻고 싶다고 생각했으나 얻을 수 없었던 장소를 얻은 것은.

"저기, 스푸트니크."

눈에 눈물은 고여 있지 않았다.

선망과 바람이 담겨 있었다.

"부디 클루를 더 이상 외톨이로 두지 말아줘."

*

비교적 최근에 스푸트니크 보석점에서 벌어진 일이다.

자세한 건 더 이상 생각나지 않지만, 분명히 그날도 스푸트니크가 한 농담을 클루가 진심으로 받아들였다.

대체 누굴 닮았는지 대단히 반듯한 아이다. 하지만 조금 지나치게 반듯한 경향이 있다. 단순한 농담이니 슬쩍 웃고 끝내면 될 텐데 그날도 진심으로 화를 내고 가게를 뛰쳐나가고 말았다.

식사할 겸 클루의 기분을 풀어줄 만한 것을 찾아보려고 가게를 닫고 외출했다. 달콤한 거라도 사줄까 싶어서 안이한 생각으로 단골 찻집에 들어섰다가 가게 안에 있던 클루를 발견했다.

썩 기분이 좋지 않았지만, 발걸음을 되돌리는 건 도망치는 듯해서 이쪽의 정신 건강에 바람직하지 않았다. 그래서 떨어진 자리에 앉았다. 그러자──.

아직 토라져 있나 싶었더니 클루는 스푸트니크가 가게에 온 것을 알아차리고선 의자에서 내려와 아장아장 이쪽으로 다가왔다. 스푸트니크의 옆에 서서 한 소리하지 않을까 싶었지만 그러지 않고 몹시 쾌활하게 가슴을 폈다.

그 광경을 나츠와 엘사가 싱긋 웃으며 바라보고 있었다. 무슨 말을 했냐 물었더니 살포시 웃은 엘사가,

"비밀이에요."

라고 대답했기에 또 이 녀석들이 쓸데없는 소리를 했다는 걸 바로 알 수 있었다.


돌아가는 길.

완전히 노을에 물든 거리에서 어깨를 나란히 하고 걷고 있는데 클루가 묘한 말을 꺼냈다.

"스푸트니크."

"왜?"

"스푸트니크는 내 '체질'이 나아도 나랑 같이 있어줄 거예요?"

"……."

어째서 그런 걸 묻는 걸까.

그 찻집에서 쓸데없는 소리를 들었나? 거기 말고 생각나는

곳은 없으니 그렇겠지. 역시 자초지종을 물어봤어야 했나.

무시해도 되나 싶었지만, 무심코 클루를 들여다봤더니 묘하게 열기가 담긴 눈으로 이쪽을 보고 있었기에 무언가 대답해주고 싶은 기분이 들었다.

하지만 어떻게 말해야 할까. 잠시 생각하다가——.

"……지금의 가게를 혼자서 꾸려나가는 건 힘들어."

질문에 대해 자신의 내면에 확실한 정답이 있다는 건 알고 있었다. 그리고 내면의 '정답'은, 정확하게는 말로 한 것과 다르다는 사실도 알고 있었지만. 그때의 자신에게는 그 정도로밖에 전할 수 있는 말이 없었다.

그런데도 그 말이 합격점에 도달했는지, 클루는 싱긋싱긋 웃고 있었다.

손잡고 집에 가야 한다고 고집을 부려서 스푸트니크는 그녀가 내민 자그마한 손을 잡아주었다.


그때 자신은——.

——어떻게 생각했더라.


이제 와서는 더 이상 확실하지 않다.


6


보드랍고 따스한 이불에 감싸인 채, 클루는 자고 있었다.

클루는 어째서인지 알고 있었다. 지금 자신이 자고 있는 침대는 무척이나 그리운 것이다. 여기서 나오는 밥은 전부 맛있다. 아픈 곳도 없다. 괴롭힘을 당할 일도 없다. 장난감도 그림책도 많고 무서운 것도 무엇 하나 없는――.

――하지만 누구보다 소중한 한 사람이 없다.

거품 하나가 터지듯이 클루는 퍼뜩 잠에서 깼다.

웬일인지 자다가 깼는데 머리가 맑았다. 일어나지 않고 눈만 움직여 주변을 살폈다. 하얀 벽, 파스텔컬러의 카펫. 천장에 매달려 있는 건 노란 빛깔의 샹들리에. 전부 다 낯선 것인데――.

이상한 일이다.

"알고 있어…….."

처음 온 장소일 텐데 어째서인지 전부 다 알고 있는 것 같았다. 책에서 알게 된 지식처럼 남의 일로, 하지만 정확하게 여기서 살았던 기억이 있다.

둘러본 방 안에 사람은 없었다. 상반신을 살포시 일으켰다. 옷이 스치는 소리가 들렸다. 옷은 기억 속에 있는 것과 같은 걸 보아, 갈아입지 않은 상태였다. 소중한 반지와 귀찌도 끼고 있었다.

눈을 감았다.

어떻게 된 일인지, 어째서 이곳에 있는지를 클루는 정확하게 기억하고 있었다.

마음대로 떠난다니 용서할 수 없다.

그저 스푸트니크가 보고 싶었다. 그 한마음으로 클루는 뷔알톤 시를 뛰어다녔는데—— 하지만.

뷔알톤 시 일각. 점심인데도 빛이 비쳐들지 않는 높은 건물과 건물 사이였다. 어둑어둑하고 좁은 도로에서 마침내 클루를 찾아낸 사람은 클루가 바라던 사람이 아니었다.

검은 로브. 손에 든 지팡이. ——마법사였다.

뱀 같은 눈은 그가 바라보는 사람을 움츠러들게 했다.

"난 자보트라고 해. ——너한테 멋진 선물을 준비했어."

그 말을 순순히 받아들일 수 없었다.

도망가야 한다는 사실은 알고 있었지만, 다리가 후들거려 움직일 수 없었다.

"아, 아……."

손가락이 닿았다. 어깨가 붙들렸다. 상상 이상의 힘에 고통마저 느껴졌다.

그럼에도 소리를 낼 수 없었다. 도와달라고 외치고 달려서 사람 많은 길로 나가야 한다는 사실을 알고 있는데도 너무나도 두려워서 목이 말을 듣지 않았다.

누군가. 누군가. 누군가 와줘.

그런 바람이 닿았는지——.

"……너, 뭐 하는 거야?"

목소리가 들렸다. 클루가 아는 사람의 목소리였다.

하지만 그건 이런 곳에 와도 되는 사람의 것이 아닌,

"리에⋯⋯."

이 도시의 보석점 종업원이자 클루의 체험학교 친구였다.

커다란 바구니를 걸치고 있었다. 장을 보는 중이었을까.

"거기 누구야? ⋯⋯네 지인이야? 클루롤 보석상회 회장
이라든가⋯⋯ 이상한 지인만 있네. 너⋯⋯ 응?!"

"오면 안 돼!"

조금 전까지 경직되어 있던 몸에서 거짓말처럼 큰 소리가
나왔다.

하지만 리에는 클루의 말에 따르지 않았다. 누가 뭐라고
한다 해도 간단히 수긍해줄 아이가 아니라는 것쯤은 이미
알고 있었지만.

손에 든 바구니를 내던지고 잽싸게 달려왔다. 마법사 로
브에 매달려 클루에게서 떼어놓으려고 했다.

리에는 대단한 여자아이다. 수업 예습도 해오고 깜박하는
물건도 없고 선생님에게 질문도 한다. 자신이 장래에 어떻
게 되고 싶은지도, 장래를 위해 지금 자신이 무엇을 해야 하
는지도 알고 있다. 클루보다 훨씬 대단한 여자아이다.

그러나 클루는 알고 있었다. 그럼에도, 그런 리에라도, 이
사람은——.

당해낼 수 있는 상대가 아니다.

"리에, 도망가! 됐으니 도망가!"

"안 놔줄 거야! 당신! 당신, 내 친구한테 무슨 짓을———."

"거추장스럽네."

나지막한 목소리가 들렸고 싸늘한 것이 클루의 등줄기를 기어 다녔다.

클루를 향한 것과는 전혀 다른, 마음에 들지 않는 것을 향한 자보트의 시선. 붉은 입술이 불쾌한 듯 일그러졌다. 거침없이 지팡이를 휘둘러———.

"리에를 건드리지 마!"

외치는 목소리가 뒤집어졌다. 하지만 자보트는 멈추지 않았다.

자보트는 지팡이 끝으로 리에를 툭 밀었다. 엉덩방아를 찧은 리에로부터 주먹을 쥐고 선 클루에게로 자보트의 시선이 이동했다.

으스스한 미소가 클루를 향했다.

"이 아이를 무사히 집으로 되돌려 보내고 싶으면 어떻게 해야 하는지 알겠지?"

누군가 와달라고 바란 것은 거짓이 아니다.

하지만———.

어금니를 깨물었다. 분노와 분함과 두려움이 뒤죽박죽 뒤섞인 감정이었다. 그것을 무엇이라고 불러야 할지 클루는 알 수 없었다.

모르는 채 노려보았다.

단지 눈앞에 있는 그 사람에게 지고 싶지 않다는 일념으로.

"알겠어요. ……날 어디든지 데려가도 돼요."

*

리에는 무사히 집으로 돌아갔을까.

그런 생각을 하면서 클루는 침대에서 내려왔다. 발바닥에 닿는 털이 짧막한 카펫의 감촉 또한 모르는 게 아니었다. 굴러다니는 나무 장난감도 인형들도 알고 있다. 물고기 모양을 한 헝겊인형을 들어서 끌어안자 달콤한 향기가 확 났다. 이 향기 또한 알고 있다.

벽에 달린 흰 목재 선반. 클루의 허리 높이 정도까지 왔고, 대부분 그림책이 가득 꽂혀 있었다. 그림책 모두 제목을 보니 내용이 떠올랐다. 자신은 분명 이 책을 언젠가 읽은 적이 있다.

다만 그림책은 모두 새것처럼 깨끗했다. 어린이용 책인데 어디에도 흠집이나 낙서가 없었다. 한 번도 읽은 적이 없는 것 같다고── 문득 깨닫고 나무 블록을 주워들었다. 누군가가 가지고 놀고 난 후처럼 어지럽게 굴러다니고 있었지만, 이쪽도 벗겨진 색이나 흠집을 찾아볼 수 없었다. 안아든 헝겊인형도 뜯어진 곳이나 더럽혀진 곳이 없었다.

그럼에도.

확실히 알고 있다.

이 장소에 예전에 언제 방문했는지 클루는 기억하지 못한다. 하지만 클루는, 클루의 머리는 말하고 있었다. 자신은 분명 이 방에서 놀았던 적이 있다. 하얀 벽 한 면에 문이 있었다. 이 앞에 복도가 있다는 것도 열지 않아도 알고 있었다.

더구나. 머릿속에서 누군가가 말했다. ——밤이 되면 이 문은 밖에서 잠겨 혼자서는 방에서 나갈 수 없어진다. 외로워지거나 화장실에 가고 싶어질 때면 책장 위에 있는 벨을 울리면 누군가가 바로 와준다. 그러곤 화장실에 데리고 가주고 클루가 다시 잠들 때까지 그림책을 읽어주거나 헝겊인형으로 놀아주기도 했다…….

하지만 그 기억 속에.

스푸트니크의 모습은 없었다.

"스푸트니크……."

불러도 대답이 없었다. 당연하다. 그는 어딘가로 가버렸으니까. 거짓말까지 하고서 클루롤 저택에 클루를 두고—— 그러니 분명 클루가 유괴당했다는 것도 알아차리지 못했을 테다.

벨은 기억에서처럼 책장 위에 있었다. 누르면 누군가 와줄까.

눌러볼까. ……망설이고 있는데.

"깨셨나요?"

돌아보았다. 문이 열리고 한 여성이 들어오던 참이었다.

까만 머리, 빨간 립스틱. 마법사 특유의 검은색 로브를 입고 있었지만 후드는 쓰고 있지 않았다. 조금 전에 자보트라고 이름을 댄 마법사였다.

문을 닫는 자보트에게서 시선을 떼지 않고 책장에서 그림 책을 꺼내 품에 안았다.

이런 걸로 마법을 막을 수 있을 거라곤 생각하지 않지만, 아무것도 없는 것보다는 나을 테다.

"리에는 무사해요?"

뒷걸음질 치면서 물었다.

"내 친구한테 무슨 짓을 했다면 용서 안 할 거예요."

"그 아인 맹세코 무사합니다. 안심하세요."

분명 지금쯤 자택으로 돌아갔겠죠——라고 답하는 자보 트의 마음을 꿰뚫어 볼 수 없었다. 애초에 클루는 나쁜 사 람이 하는 생각을 읽어낸다든가 교섭한다든가 하는 데 익숙 하지 않았다.

그런 무서운 일에서, 그런 두려운 존재에게서 클루를 지 켜준 사람은.

"당신은 누구죠? 나한테 무슨 용건이에요?"

"그렇게 두려워하지 않으셔도 됩니다. 당신에게 위해를 가할 마음은 없습니다. 실제로 보세요. 지팡이도 안 들고 있 잖아요."

난처한 듯이 웃더니 양손을 펼쳐 보였다. 아무것도 없었다.

"저는 자보트라고 합니다. 마녀협회 코쿠디에 지부 지부 장이지요."

"코쿠디에…… 소아란과 일라쟈 씨가 있는?"

"네. 예전에 제 부하들이 댁의 보석점에서 대단히 신세를

졌습니다. 또한 코쿠디에에 배치되기 전에는 마녀협회 본부 직할 연구소에서 마법을 연구하고 있었습니다."

"마법 연구원이라면…… 팡숑 같은……?"

"마법사 프랑소와즈와는 동료입니다."

안타깝게 되었지요, 라고 자보트는 시선을 내리깔았다.

기다란 속눈썹.

——진심으로 슬퍼하는 것처럼 보여.

"그녀는 훌륭한 연구원이었지요. 많이 배우고 많이 일하고 마법 기술 발전에도 크게 공헌하고—— 특히 광석증에 흥미가 있었던 모양입니다. 광석증…… 마법사 중 일부에게 보이는, 보석을 토하는 체질을 말하는데 당신은 그것을 잘 알고 있지요?"

숨을 죽였다.

그건 바로——.

"안젤리카 님 또한 그 '체질'을 가지고 있다고 합니다."

"안젤리카…… 님?"

"마법사 안젤리카. 당신의 어머니입니다."

기억하고 계시나요? 라고 질문받았지만 클루는 알 수 없었다.

다만 몹시 그리운 어감이었다.

"하지만 마법사 프랑소와즈는 누군가의 손에 가엾게도 목숨을 잃었습니다. 연구소에서 클루 씨를 거두어들였고, 당신과 프랑소와즈, 두 사람을 잃은 안젤리카 님은 실의한 끝에 실종된 후 행방불명되었습니다…… 일신상의 이유로 세상을 떠난 그녀, 마법사 프랑소와즈를 위해서라도 전 그녀의 연구를 이어받아 유의미한 것으로 만들어야 합니다."

그 의사가, 그 말이 진짜인지 가짜인지 클루는 알 수 없었다.

자보트가 클루를 응시했다.

"연구에는 당신의 협력이 필요합니다. 부디 저와 함께 해주세요, 클루 씨."

"하, 하지만……."

자보트의 시선이 클루를 일직선으로 비추었다. 불순한 의도는 없는 듯했다.

자신이 할 수 있는 일이 있다면 협력하고 싶다, 하지만.

"저, 저기, 저기……."

"네."

무엇부터 어디부터 이야기해야 좋을까. 어떻게 말하면 전해질까?

지금의 자신의 생각 전부를 이야기하기에는 아는 단어가 너무나도 부족했다. 답답함에 목이 멜 듯하면서도 간신히 쥐어짜 냈다.

"……쿠, 쿠한테는…… 쿠한테는 무척이나 신세를 진 사람이 있어서. 그러니 은혜를 갚고 싶어요. 무척이나 소중한 사람이라서 계속 곁에 있고 싶어요. 그러니, 그러니까……."

그래서 지금 당신과 갈 수 없다.

스푸트니크가 사라졌다. 거짓말을 하고서 클루를 내버려

157

두고 갔다. 그런데도 클루는 그가 보고 싶었다. ──무언가를 하게 되더라도 누군가를 돕게 되더라도. 우선은 그를 만나서 이야기하고 싶었다.

자신의 미래에 대해 그의 의견이 듣고 싶은 게 아니다. 자신의 일은 스스로 결정한다.

그에게 의존하려는 것도, 그에게 자신을 지켜달라는 것도 아니었다.

단지 그와 이야기가 하고 싶었다.

목이 멨다. 감정 탓……이 아니다. 몸 안, 가슴 안에서 밀려오는 것. 이물은 머지않아 기침이 되었고, 목에서 굴러 나왔다. 받아내려고 입을 덮었지만──.

손가락 사이에서 데구루루 하고.

떨어진 보석을 주워드는 손이 있었다.

"소중한 사람인가요?"

클루의 말을 반복하는 자보트의, 솜사탕처럼 폭신폭신하고 달콤하고 다정다감한 목소리.

만나고 싶다고 부탁하는 클루를 향해 미소를 살포시 지었다. 그리고──.

"그런 사람은 아무래도 상관없지 않나요?"

클루가 바라지 않는 그 말 또한.

부드럽고 달콤하고 다정다감했다.

"어……."

말문이 막힌 클루에게 자보트가 이어서 말했다.

손안의 보석을 가지고 놀듯이 굴리면서.

"필요한 건 뭐든 마련해줄게요. 당신을 힘들게 하지는 않을 겁니다. 당신이 있어야 할 곳은 여깁니다. 예쁜 옷, 장난감, 그리고……."

그리고.

──뱀 같은 눈을 하고 있어.

"당신에게는 그런 상인보다 더욱 적합한 상대를 준비해주겠어요. 조금 반항적이라서 지금은 지하에 가둬놓았지만, 금방 얌전해질 거예요. 외모도 마력의 양도 나쁘지 않죠. 얼마든지 당신이 원하는 대로 하세요."

자아, 하고 가느다랗고 예쁜 손가락을 그녀가 내밀었다.

하지만──.

"싫어요."

목소리가 나왔다.

자신의 목소리는 자신의 머리에 몹시 또렷하게 닿았고,

"당신과 가지 않을 거예요."

그녀가 내민 손가락이 떨리고 뺨이 경직되는 것을 보았다.

단단한 것끼리 스치는 소리가 들렸다.

"말귀를 못 알아먹는 아이네."

자보트가 이를 가는 소리였다.

소리에 이어 새어 나온 것은 나지막한 목소리였다. 조금 전에 달콤한 목소리를 낸 사람과 동일하다고 생각할 수 없었다. 깊게 가라앉은 밤 같은 목소리 속에 거친 감정이 끓어오르고 있었다. 하얀 손끝에 칠해진 매니큐어. 마치 피처럼 보였다.

"그런 면만 언니를 닮아서 귀여운 구석이 없어."

뱃속에서 솟구치는 듯한 떨리는 목소리에 감정이 실려 있었다. 핏기가 가시고 축 처진 뺨. 초점이 맞지 않는 눈동자. 이게 이 사람의 본성이라고 알아차렸지만──.

"됐으니 같이 가는 거야. 넌 내 실험동물이 되는 거야."

"싫어요."

그녀가 내민 손에서 몸을 비틀어 도망쳤다.

그림책을 방패 삼아 두 걸음 물러나서 거리를 만들었다.

"못 받아들이든 버릇없이 굴든 상관없어. 난──."

분노에 떨며 자보트의 눈동자가 일그러졌다.

조금 두려웠지만, 그런 감정에 주눅들 이유는 없다! 그렇게 자신을 타이르고 클루는 자보트를 똑바로 노려보더니.

오로지 떼를 썼다.

"스푸트니크가 보고 싶어요!"

──그게 주문일 리는 없다.

그야 클루는 마법을 사용할 줄 모르니까.

하지만.

"오래 기다렸지?"

외친 순간 뒤에서 무언가가 클루를 붙잡았다.

뻗어온 그것에 그림책과 함께 강하게 이끌려 거부할 새도 없이 벽에 부딪쳤다.

아니.

벽이 아니다.

정체를 확인한 순간, 많은 것이 흩어져 있던 클루의 마음
에 모든 것을 밀어내며 안도감이 제 것인 양 퍼졌다.

방약무인한 안도감에 눈물이 뚝뚝 떨어졌다.

그건──.


힘이 거센 팔,

마디가 굵은 기다란 손가락,

비웃는 듯이 미소 짓는 얼굴.


"──종업원 스카우트라면 우선 위에서 허가를 얻는 게
순리잖아. 안 그래?"


## 7


연구소 부지 내에 도착해도 상세한 장소까지는 지정할 수
없으니 무슨 일이 있어도 우선 클루를 찾아내. 다만 마법사
자보트에게는 발각되지 않도록 하고.

그런 소리를 들었기에 전력질주는 각오하고 있었는데 마
법의 빛이 사라지고 눈을 뜨자 시야에 어떤 모습이 들어왔
다. 더할 나위 없는 장소에 도착했기 때문에 자신의 행운에
감사해야 하나. 아니면 불운을 저주해야 하나.

이쪽을 올려다보는 큼직한 눈에서 커다란 눈물방울이 뚝 뚝 넘쳐흐르고 있었다. 끄윽, 하고 크게 딸꾹질을 하면서 이름을 가까스로 부르려고 하기에,

"스, 스푸, 스푸트니크으으으으으."

이것저것 할 것 없이 생각대로 되지 않았던 것에 대한 화가 솟구쳐서.

그만 그 탱탱하고 보드라운, 순진무구한 뺨을 힘껏 잡아당겼다.

"이 멍청아. 저택에 얌전히 있어야지! 너 때문에 얼마나 고생한 줄 알아?!"

"그, 그야, 그야……."

"너."

두 사람의 대화를 가로막고.

초조한 모습으로 부른 것은 한 마법사였다.

클루의 표정이 굳어졌다. 이 여자에게 상당히 무서운 일을 겪었을 테다. "자보트예요"라고 작은 목소리로 가르쳐주었다. 하지만——.

들을 필요도 없이 알고 있었다.

마법사, 자보트.

"부러진 지팡이 하나로 이 몸의 먹잇감을 빼돌리러 올 줄이야. 어디 사는 '빗자루'지? 소속과 이름을…… 아니."

빗자루. 남자 마법사를 부르는 멸칭.

"어디서 봤다 싶었더니 넌, 리아피아트 시에 사는 보석상

이구나. 지팡이랑 로브 차림을 하고 있어서 몰라봤네."

스푸트니크를 알고 있었던 건가.

하지만 생각해보면 마녀협회는 마법사 소아란에게 스푸트니크 보석점을 조사하도록 명령했다. 또한 마법소녀 소동 때도 광석증으로 의심되는 클루의 신변을 조사했을 테니, 그 고용주이자 보호자인 스푸트니크의 얼굴을 기억하고 있어도 이상하지 않다.

하지만 설령 알고 있다고 해도——.

그건 그것대로 방법이 있다.

"하하."

웃어 보였다.

"그래. 내가 그 보석상으로 보이는 거지? 마법사 자보트."

지팡이를 쥔 손으로 입가를 가렸다.

교태를 부리는 동작이 겉모습과 걸맞지 않게 보였는지 자보트가 미간을 찌푸렸다.

"넌 누구야. ……속은 다른 사람인 것 같은데."

"아이 뭐야~. 잠시 못 만나는 동안에 너 상당히 늙었나 보네."

거만한 표정을 지었다. 코웃음 쳤다.

자보트가 경계하듯이 눈을 가늘게 떴다.

"아니면 역시 고작 지부장 클래스에서는 내 마법을 당해내지 못하는 건가? ——자신이 죽인 마법사를 알아보지 못하다니."

"······설마."

목소리가 떨리고 있었다.

조금 전에 클루가 스푸트니크의 이름을 부른 것과는 또 다른 감정으로.

"설마."

이제 자보트가 보고 있는 사람은 마법사의 모습을 한 보석상이 아니었다. 그 건너편에 한 마법사를 만들어내고 있었다.

"설마 너——!"

"안녕."

동요하는 자보트에게 싱긋 웃더니 부러진 지팡이를 겨누었고——.

지팡이 끝이 강하게 빛났다.


"바——보야, 뻥이거든?!"

"뀨."

스푸트니크는 클루를 허리에 짊어지더니 방문을 걷어차서 열어 전속력으로 달리기 시작했다.

방 안을 하얗게 물들인 섬광은 물론 스푸트니크가 아닌 사역마 샤루가 부린 마법이었다. 원래는 단순한 거미인 그것은 유키의 손에 대체 어떻게 개량된 것인지 유키가 가까이에 없을 때도 간단한 마법이라면 사용할 수 있다고 했다. 즉 '눈동자인 청금석에 마력을 담았다'고 했는데, 사용할 수 있는 힘은 유키 본인의 힘에 비하면 크게 미치지 못했고, 공격이나 방어에는 특화되지 않았다.

지부장 클래스인 마법사를 요격하기에는 아주 부족했고, 마력을 흡수하는 그 보석도 뷔알톤 지부 공격할 때 이미 다 떨어졌다. 그렇다면 도망치는 방법 말고는 선택지가 없었다.

——하지만.

발걸음을 멈추지는 않았지만, 스푸트니크는 적잖이 놀랐다. 뛰쳐나온 곳에 연구소가 '없었기' 때문이다.

아니, 예전에는 분명 있었을 테다.

복도였다고 생각되던 장소는 바닥도 천장도 무너져 남아 있는 것은 석조 기둥뿐이었다. 형태를 가장 유지하고 있는 높은 기둥에서 가늠해보면 3층 정도 되었던 것 같다. 지금은 여기저기에 모두 돌무더기만 있을 뿐이라, 올려다보면 구름 낀 하늘이 있었다.

모래 먼지, 무성한 풀이나 넝쿨, 작은 동물이나 곤충의 사체…… 옛날에는 여러 마법사가 이 시설에서 연구했을 테지만, 지금은 인적도 없었다. 이제는 폐허였다. 그 언젠가의 마법소녀의 소행과 흘러온 세월이 이곳의 모습을 변화시켰다.

하지만 클루 일행이 있던 방은 지금도 사람이 살 수 있을 만큼 정돈되어 있었기에 아무래도 건물 자체——라고 생각하다가 곧바로 자신이 잘못 생각했음을 깨달았다. 분명 그 방만 자보트가 마법으로 고쳤을 테다. 클루를 회유하려고 클루가 잊은 기억마저, 마음속에 잠들어 있는 그리움마저 이용하려고…….

분노를 씹어 삼키고 돌무더기를 넘어 숲속으로 뛰어들었다.

낯선 땅을 나무가 드리운 그림자에 몸을 감추며 달렸다. 돌아볼 여유는 없었다.

스푸트니크가 연기한 '팡숑'이 얼마나 자보트를 동요하게 할 수 있을지, 허를 찌를 수 있을지 알 수 없었지만 적잖이 잘 흘러간 모양이다. 그렇다면 나머지는 섬광을 이용한 일시적 시력 상실 효과가 얼마나 통할지가 문제였다.

"스, 스푸트니크?"

이런저런 생각을 하는데 클루가 이름을 불렀다. 자보트를 동요하게 만들기 위해 부린 허세는 괜한 곳까지 효과를 발휘하고 있었다.

"스푸트니크? 스푸트니크죠? 스푸트니크……지만 그건 헝겊인형인데, 팡숑 씨?!"

허리에 짊어지고 있던 클루가 대단히 시끄러웠다.

도망치기 시작한 순간, 클루를 반대로 끌어안은 탓에 스푸트니크의 시야에는 클루의 허리 밑까지 밖에 볼 수 없었다. 안타깝게도 클루의 얼굴은 스푸트니크의 옆통수에 갖다 대고 있어서 표정을 알 수 없지만, 설령 클루가 어떤 표정을 짓고 있다 한들 '쫓기고 있다'는 최악의 현재 상황을 개선하는 요소는 되지 못할 것이다. 혀를 찼다.

이런저런 소리를 하면서도 버둥거리며 설치는 클루를 노려보았다.

"나지 누구겠어? 안겨 있으면서 소란 떨지 마. 시끄러."

"아, 그 실례스런 말투! 분명 진짜네요! 분명 진짜 스푸트니크네요! 팡숑 씨의 흉내를 내도 쿠는 바로 알 수 있어요!!"

"내 엉덩이 때리지 마!"

흉내 따위 이미 진즉에 멈췄는데 말이다.

정말이지 요란한 짐이었지만, 마침내 되찾았다. 아무리 그래도 두고 갈 수는 없다. 그렇다면 어떻게 도망쳐야 할까. 스푸트니크가 인상을 찌푸렸을 때였다.

──짐을.

"응?"

그 순간 무언가가 스푸트니크의 의식에 경련을 일으켜, 발을 멈추게 했다.

"스푸트니크? ……왜 그래요?"

"아무것도 아냐……."

클루가 불안해했다. 하지만 스푸트니크도 알 수 없었다. 지금 건 뭐지?

꿈을 꾸는 것도, 기절한 것도 아니다. 다만 기시감 같은, 백일몽 같은, 소리를 동반한 환상을 본 것 같았다. 순간적인 환상 속에서 어딘가 옥외에서 누군가가 스푸트니크에게 말을 걸고 있었다. 길 끝에 나타난 형체. 웃고 있었다. 짐이 어쩌고저쩌고했다.

"스푸트니크!"

환상을 가르고 날카로운 목소리가 귀를 뚫었다.

확실한 예감에 소름이 돋아서 스푸트니크는 몸을 낮추어 앞으로 나갔다. 그와 동시에,

"——장사치 따위가 사람을 놀리다니!"

"으악?!"

노성과 더불어 지면이 크게 휜 것 같았다.

하얗게 빛나는 물방울이 보였다. 지진이 아닌 마법이었다. 하지만 직후 오른발에 뜨거운 격통이 가로질러서 지면에 변화가 있었던 게 아니라는 사실을 알았다. 이어지는 한 발을 디딘 순간.

"윽——."

더 큰 고통이 덮쳐 비명을 씹어 삼켰다. 자세를 간신히 바로잡고 통증을 견뎌내며 달렸다.

어깨너머로 돌아보자 나무 그늘에 검은 천이 흔들리는 것이 보였다.

"제기랄, 끈질긴 녀석이네!"

완전히 도망치지 못했다는 사실에 초조함을 느꼈지만, 지금은 달리는 수밖에 없었다.

잠시 계속 달리다 보니 시야가 열렸다. 길이었다.

돌아보았다. 마법사의 모습은 사라졌지만, 어차피 바로 쫓아올 것이다. 이곳에 계속 머물러 있다가는 좋은 결과를 보지 못할 게 뻔했다.

다만 안타깝게도 이 길은 마차가 달릴 정도의 넓이도 아니었고 포장되어 있지도 않았다. 인기척도 없었다. 애초에

이 길에는 인적이 드물었기에 이곳을 지나가는 누군가를 기다렸다가 도움을 요청하는 것은 우선 어려울 듯했다. 그렇다고 해서 이곳에서 제일 가까운 도시에서 도움을 얻을 수 있다는 보증도 없었고, 경찰국을 의지하기에도 이 도시의 경찰의 풍기는 대단히 불량했다——.

그쯤 생각하다가.

문득 깨달았다. 이 길을 지나다니는 사람이라든가, 근처 도시의 치안이 좋지 않다든가, 자신은 어떻게 그런 사실을 알고 있을까?

궁금해하는 자신과는 다른 누군가가 머릿속에 있었다. 연달아 그 누군가가 정보를 흘러 넣어주고 있었다. 여행하는 보석상, 짐, 여러 사람…… 남자. 웃고 있다. 그들이 보고 있는 것은 자신과 자신이 손에 들고 있는 존재——자신의 짐——.

——짐을 두고 가.

발을 멈추었다.

살결을 어루만지는 싱그러운 바람. 맡은 적 있는 냄새.

"……그렇구나."

기시감의 정체를 깨달았다.

"스푸트니크……?"

"…….."

대답하지 않았다.

클루를 끌어안은 채 아픈 다리에 활력을 불어넣어 다시 달리기 시작했다. 하지만 닥치는 대로 달리는 것은 관뒀다. 가는 방향에 의미가 생겼다. 목표 장소가 정해졌기 때문이다.

달릴 수 있을 만큼 달려서——.

이윽고 다리 통증에 달릴 수 없게 되었을 무렵, 스푸트니크는 클루를 땅에 내려주었다.

자신의 다리로 선 클루가 의아한 듯이, 걱정스러운 듯이 스푸트니크를 쳐다보았다.

스푸트니크는 아무 대답도 하지 않고 클루의 손을 잡아당겼다.

길에서 벗어나 풀을 헤쳐나가면서 걸어갔다. 예전에 이곳을 방문했을 때 스푸트니크는 혼자였다—— 아니, 그때도 '둘'이었나. 스푸트니크는 이 장소를 예전에 '안내인'에게 안내받아 걸었다.

피폐해진 '안내인'이 쓰러질 것 같을 때마다 "이봐, 똑바로 걸어"라며 엉덩이를 걷어차고 웃었다. 따스한 기억이었다. 아마 따스했을 테다. 아마.

기억을 더듬으면서 잠시 걸어가는데 오래된 오두막이 나타났다. 스푸트니크의 기억은 틀리지 않았다.

멈춰 서서 등의 무게를 확인했다. 그것은 아직 그곳에 있었다.

"야, 사역마."

"뀨."

대답했다.

손목시계를 확인했다. ——해가 질 무렵이 가까워졌다.

스푸트니크의 등에서 내려와 풀 위에서 이쪽을 올려다보는 사역마 샤루, 스푸트니크는 한 가지 지시를 내렸다.

"——가능하겠어?"

"뀨."

사역마는 다리 하나를 천천히 휘둘렀다.

동작에 담긴 의미는 거뜬하다는 건가, 맡기라는 건가. 어찌 되었거나 사역마는 한 번 폴짝 뛰어오르더니 헝겊인형답지 않게—— 거미다운 재빠른 움직임으로 수풀 속으로 들어갔다. 모습을 감추고 두 사람의 앞에 돌아오지 않았다.

단둘이 있게 되자.

스푸트니크는 갈색 눈동자를 바라보았다.

"여기 기억해?"

그리고 그 오두막을 가리켰다.

이곳은 스푸트니크에게는 낯선 땅이었다. 그리고 클루에게는 잊힌 장소였다.

과거가 어떠하든 지금 자신들에게는 모르는 장소다.

연구소를 뛰쳐나와 달려가고 있는 동안 스푸트니크는 그렇게 생각했다. 하지만——.

——그렇지 않다는 사실을 어째서 바로 알아차리지 못했을까. 자신의 나쁜 머리에 진절머리가 났다.

클루의 뺨이 경직되어 있었다. 그녀도 기억난 모양이다.

클루가 마법사 자보트에게 끌려온 장소. 황폐해진 연구소 흔적. 그것은 예전에 클루가 하루하루를 보냈다는 장소였다.

마법소녀는 연구소를 습격했을 때 클루를 건물 밖으로 전이시켰다. 추격자를 따돌린 후 신병을 확보하려고 그곳으로 향했지만, 클루의 모습은 이미 사라졌다고 했다.

상상했다. 마법소녀가 클루를 구하려고 연구소를 습격한 그날.

이유도 모른 채 전이당해 느닷없이 홀로 남은 클루는 갑작스러운 일에 망연자실했을 것이다. 살고 있던 시설은 보이지만, 연기가 피어오르고 있었다. 무너지는 소리도 들려왔다. 돌아가지도 못하고 숲속을 헤매다 지쳤고 아마도 엉엉 울다가 이윽고 발견되어──.

붙잡혔다.

연구소가 붕괴된 날, 마법사들이 클루를 발견할 수 없었던 건 마법소녀의 역량을 가늠하지 못하고 클루가 어디로 전이되었는지 파악할 수 없었기 때문이다.

마법소녀가── 마법사 소아란이 클루를 잃은 것은 그녀가 한 번 더, 이번에는 마법소녀가 아닌 인물에게 납치되어 숨겨졌기 때문이다.

그래서.

연구소에서 멀지 않은 장소에 '녀석들'이 둥지를 틀고 있다고 치면──.

연구소에서 멀지 않은 장소에 '그곳'이 있다고 쳐도 전혀 이상하지 않다.

"……무서워?"

물었다.

하지만 클루는 울지 않았다.

"조금요."

언제였던가 비슷한 응답을 했다는 생각이 들었다.

스푸트니크는 클루의 손을 다시 잡고 오두막을 응시했다. 낡은 목재로 된 오두막. 그것이 '그들'의 보금자리였다.

굴뚝에서 연기가 나오고 있었다. 인기척이 들었다.

스푸트니크는 그 문을──.

왼다리로 걷어차서 열었다.

"실례 좀 할게."

어라……? 하고.

실내에서 돌아온, 허가 찔린 듯한 목소리는 과연 누가 내뱉은 것일까. 흥미는 없다.

우선 눈에 들어오는 것은 큼직한 둥근 테이블과 몸을 비틀어서 이쪽을 향한 남자 일곱 명이었다. 다섯은 앉아 있었고, 둘은 벽에 기대어 있었지만 모두 움직임이 멈췄다.

남자들의 인상은 '당시부터' 기억하고 있지 않으니 이 또한 관심 없었다.

다만, 분명, 당시와 같은 인간들일 테다.

스푸트니크는 클루를 데리고 서슴없이 오두막으로 들어가 테이블에 오른손을 짚더니 재회를 축하하기 위해 우호적으로 웃어 보였다.

예전에 이 오두막에서 클루를 '기르고' 있었던 도둑들을 향해.

"잘 지냈어? 형님이시다."

침묵.

그리고.

"크아악―――?!"

비명을 지르는 남자, 토하는 남자, 기겁하여 오줌을 지린 남자―― 반응은 제각각이었지만, 모두 악령이라도 본 것 같은 표정을 지었다. 실례도 유분수지.

하지만 그런 반응을 보인다는 것은 스푸트니크를 기억하고 있다는 것일 테다. 기억한다는 것은 수고를 덜 수 있어서 기쁜 일이다. 만약 잊고 있었다고 해도 기억나게 해줄 생각이었지만.

수염을 기른 남자가 의자를 걷어차고 일어나 벌벌 떨면서 스푸트니크의 곁으로 다가왔다.

"혀혀혀혀혀혀혀형님, 그게 아닙니다. 형님. 그 이후로 저희는 마음을 완전히 고쳐먹고, 저기―― 손을 씻고 죄를 뉘우치고 지금은 모두 번듯한 일을 하고 있습니다. 하지만 우리가 저지른 죄를 잊어서는 안 된다고 가끔 이렇게 모여서…… 개중에는 도시에서 결혼해 자식이 있는 녀석도 있습니다! 그러니, 그러니까……!"

"오호라―― 그렇구나. 그런 악행을 저질러 놓고 너희는 태연하게 행복해졌다는 거네? 그렇구나. 그래. 그렇――구나. 선량함 그 자체인 나는 도저히 이해할 수 없는 소행이

175

었지."

"아니, 그게, 저기, 그게."

"그 아이―― 아니, 아, 아, 아가! 아니 아가씨! 그때는 젊었다고는 하나 진짜진짜 돌이킬 수 없는 짓을…… 저기, 형님도 아가씨도 돈이 필요하시다면 얼마든지 가져가세요! 그러니 목숨은, 목숨만큼은 살려주세요……!"

"야, 너희 뭐해?! 형님과 아가씨에게 차를 대접해야지! 차내와! 알지? 아껴두었던 좋은 걸로 내와!"

"차는 됐어. 돈도 그렇고."

소란을 떠는 그들에게 단호히 말했다.

그러자 도둑들――아니 근황 정보가 확실하다면 '전직' 도둑들이라고 불러야 하나――이 일제히 조용해졌다. 다만 안도한 건 아닌 듯했다. 그러기는커녕 안색이 더욱 새파래졌다.

"돈이…… 필요 없으시다고요……?!"

"형님…… 천하의 형님이 설마…… 설마 갱생하신 건……?!"

터무니없이 무례한 말이었다.

스푸트니크는 고개를 가로저었다.

"돈은 필요 없지만――."

살기가 느껴졌다.

돌아보려고 한 순간, 오른쪽 어깨에 둔탁하고 묵직한 통증이 가로질렀다. 어깨를 손으로 압박하며 참으면서 이번에야말로 그쪽을 쳐다보았다.

"……따라잡힌 건가."

여자였다.

예상대로 검은 형체였다.

"서, 설마, 설마 형님……."

"이해가 빠르군. 그 '설마'가 맞아. ──마법사에게 쫓기고 있어."

남자가 으윽, 하고 울먹이는 목소리를 냈다.

"……스푸트니크."

"괜찮아. 물러나 있어."

통증에 얼굴이 일그러질 것 같은 것을 감추기 위해 웃으며──.

허세를 부렸다. 실내로 들어오는 마법사를 응시하며 스푸트니크는 목소리를 높였다.

"모두, 무기를 들어!"


가뜩이나 검은 마법사는 문에서 비쳐드는 역광 때문에 한층 더 어둠에 가까워 보였다.

"잘도 날 속였네."

"마법사 자보트."

나타난 마법사의 이름을 스푸트니크는 불렀다.

남자들은 '손을 씻었다'고 조금 전에 말했지만, 한때의 '작업 도구'까지는 손에서 놓지 못했던 모양이다. 혹은 그 발언 자체가 거짓인지 진실인지는 알 수 없지만, 지금은 그게 있다는 사실에 감사했다.

각자 자신이 잘 다루는 무기를 들고 스푸트니크와 클루를 지키듯이 섰다. 무기를 쥔 손이 떨고 있었다. 마법사의 무서움은 알고 있지만, 두 사람에게 무슨 일이 생기면 그 이상으로 심한 일을 겪을 것이라는 걸 알고 있을 테다.

참으로 기특하다고 코웃음을 치고,

"야, 너."

"……네."

수염남에게 얼굴을 가까이 가져가 작은 목소리로 말을 걸었다. 그 또한 자보트를 응시한 채 답을 했다.

"이 오두막의 출구는?"

"저 마법사가 진을 치고 있는 한 곳밖에 없습니다. 형님과 아가씨는 최악의 경우 벽을 부수고 벗어나시는 걸로——."

"쓸데없는 잡담하지 마."

지팡이를 쥔 자보트가 날카로운 목소리를 냈다.

스푸트니크는 입을 닫았다.

"보석상 스푸트니크. 날 알고 있었어? ……역시 소아란이랑 한패였군."

"누가 그 녀석이랑 한패라는 거야?"

그 남자와 사이가 좋다는 소리를 듣는 건 여전히 불쾌했다. 진심으로 그렇게 대답했다.

게다가. 사이좋은 마법사라는 소릴 듣고 그 녀석보다 먼저 떠오른 사람이 하나 있었다.

"……마법사 프랑소와즈는 네가 범인이라는 걸 알고 있었어."

"거짓말하지 마!"

하지만.

자보트는 코웃음 쳤다.

"말만 했다 하면 거짓말이군. 그럼 그 여잔 왜 날 고발하지 않고 순순히 죽었던 거지? 응?"

"그건……."

——천하의 유키다.

거기엔 무언가 의미가 담겨 있을 테다. 진상을 숨긴 이유가, 또는 이점이. 하지만 그녀의 모든 것을 알 리가 없는 스푸트니크는 거기까지 가늠할 수 없었다.

"됐으니 얼른 '그걸' 이리로 넘겨."

침을 꼴깍 삼키는 소리가 근처에서 들렸다.

강한 힘이 팔을 붙잡았다.

고개를 돌리지 않아도 그곳에 누가 무얼 하고 있는지 알고 있다. 클루는 두려움에 비명도 지르지 못하고 단지 몸을 갖다 댄 채 웅크리고 있었다.

"잘 들어. 보석상 스푸트니크. 그건 마법사에게 가치가 큰 물건이야. 우리는 그걸 연구해서 밝혀내고 번식시켜서 후세에 물려줘야 해. 상인이 사욕 때문에 독점하기에는 과분해. 이쪽으로 넘기고 입만 꾹 다물어준다면 널 묵인해줄 수 있어."

스푸트니크는 생각했다. 보석을 무제한으로 토해내는 아이. 그 특이성. 가치. 분명 자보트가 하는 말은 이치에 맞다.

더구나 이 오두막에 대해서 생각했다. 악당들은 작은 소녀에게 상처를 입히고 보석을 토해내게 하여 그것을 자금원 중 하나로 삼고 있었었다.

그렇다면 자신은 어떨까?

"틀린 말은 아니네. 그렇게 희귀한 '체질'을 가진 아이가 일개 상인의 사리사욕을 채우려고만 존재해서는 안 되지. ——다만."

그건 클루롤에게도 했던 말이었다.

돈이 될 줄 알았다. 짭짤한 수입원이라 생각하고 주워서 고용했다.

연줄 없는 젊은 상인으로서 솔직한 생각이라고 지금도 생각한다.

——그게 어디서부터 뒤틀린 걸까.

"난."

떠올렸다.

클루가 뷔알톤에 여행을 떠났던 날의 일,

휴업을 알리는 종이를 몇 번이고 썼다가 붙였던 일,

가게를 계속 쉬는 걸 나츠가 나무랐던 일,

무얼 해도 떠오르는 모습,

마셨던 술의 맛.

——혀를 찼다.

정말이지 못 말린다는 생각을 하며 인정했다.

"이 녀석이 확실히 행복하지 않으면 가게를 여는 것도 힘든 것 같아."

그러면서 상인이라고 이름을 대다니, 듣는 자신도 어처구니가 없었다.

그런데도 사실이기에 어쩔 수 없었다.

"그래?"

그 말에 자보트는――.

고개를 끄덕였다.

하지만 그건 납득이나 이해가 아닌,

"그럼 죽어줘야겠네."

"덤벼!"

자보트가 지팡이를 쥐고 태세를 취하자 스푸트니크가 으르렁거렸다.

일곱 사내가 일제히 우렁찬 소리를 내며 무기를 들고 자보트를 덮쳤다.

자보트가 지팡이를 한 번 가로로 휘둘렀다. 단지 그 동작만으로 남자들은 일제히 날아가 비명도 지를 새 없이 벽에 부딪쳤다.

누구의 손에서 떨어졌는지 철봉 하나가 날아오는 것을 스푸트니크는 왼손으로 잡았다.

양다리를 벌리고 서서 철봉 끝을 자보트에게 겨누었다.

"저항해봤자 쓸데없다고 했는데."

"쓸데없을 리가."

"보통 인간이 마법사를 상대로 이길 수 있을 것 같아?"

"물론이지."

그 항변은 자보트에게는 허세로만 들린 듯했다.

하지만 그렇지 않았다. 조금만 더 버티면 된다. 아마 조금만 더!

철봉을 고쳐 쥔 스푸트니크가 한 걸음 크게 내디뎠다.

자보트가 맞받아쳐 지팡이를 높이 휘둘렀다──.

그 순간.

찾아온 변화보다 앞서 카랑카랑한 울음소리를 듣고 스푸트니크는 승리를 확신했다.

"──뭐야?!"

스푸트니크에게 정신이 팔렸던 자보트는 반응이 더뎠다.

자보트의 등 뒤, 열어 젖혀진 문에서 대량의 하얀빛이── 아니.

하얀 실이 흘러들어 오고 있었다.

자보트의 몸을 실이 단단히 조여들게 했다.

"이건 뭐야?! 이게 뭐냐고! 너, 너 이 자식 대체 뭘 한 거야!!"

"확보!"라며 들려오는 여자의 목소리. 직후 실을 쫓아 나타난 사람의 형체가 자보트에게 덤벼들었다. 은색 단추와 검은 로브를 입은 남자── 아주 낯익은 마법사.

그는 자보트의 등을 깔고 앉더니 오른다리로 그 팔을 짓밟았다. 바닥에 굴러다니는 지팡이를 힘껏 걷어차 그녀의

손이 닿지 않는 곳으로 이동시켰다. 자보트는 노성을 지르
며 구속된 몸을 버둥거렸지만, 마법 없이는 남자의 완력에
당해낼 수 없었다. 게다가 채찍 같은 강도의 하얀 실에 온
몸이 둘둘 말려 있었다.

꼼짝도 못 하는 자보트의 모습을 보면서.

"'뭘 한 거냐'니."

스푸트니크는 철봉을 왼쪽 어깨에 짊어지고 웃었다.

자신이 대체 무얼 한 걸까.

어려운 게 아니었다. 모든 것은——.

"'시간벌기'라는 말 알아?"

"뀨!"

마치 동의하듯이 오두막 밖의 검은 대형 거미가 힘차게
울음소리를 냈다—— 크기가 마차쯤 되는 괴물 거미. 사역
마 샤루의 정체인가.

이 장소가 생각났을 때 스푸트니크는 사역마 샤루에게 제
안을 한 가지 했다. 다른 게 아니라 "용건을 마치고 좇아온
유키를 이 오두막까지 안내해줘"라고 했을 뿐이었다. 가야
할 곳이 있다고 말한 유키가 그 연구소에 찾아올 때까지 시
간이 그렇게 걸릴 줄 몰랐기 때문이다.

이용하기로 마음먹은 일곱 사람의 안전과 무사는 보증하
기 어려웠지만, 그들은 스푸트니크와 클루의 과거를 참작
해도 충분히 남는 빚을 졌기 때문에 문제는 없을 것이다.

시간을 충분히 벌 수 있을지 없을지는 미지수였지만——.

그럼에도 '조력자가 오기까지 계속 버티는' 것 말고의 선택지는 없었다. 그것이야말로 그렇다. 언젠가 나츠에게 했던 말이다── 자신은 그녀를 위해 죽을 수 있다.

정말로 그렇다.

종업원을 무엇을 대신해서라도 지키는 것이 점주로서의 임무이다.

"미안, 스푸트니크. 늦어졌네."

"잘했어. 역시 내 동생이야."

얼렁뚱땅한 사과 인사와 칭찬이 날아왔다.

너희를 위해 버틴 게 아니라고 쏘아주고 싶은 기분이 들었다.

유키. 마법사 소아란. 마법사 자보트. 그리고 그들의 곁에 한 사람 더 스푸트니크가 모르는 마법사가 있었다. 자보트는 미간에 주름을 깊이 새기면서 고개를 들었지만, 유키와 그 마법사를 보고 표정이 사라졌다.

소아란이 재촉하듯이 마법사를 불렀다. 그는 그 사람을 알고 있는 듯했다.

"──교육 담당자님."

하지만,

"마녀협회 코쿠디에 지부 부지부장 소아란, 입 조심해. 난 이제 그 관리직에서 물러났으니까."

그 말을 들은 소아란은 어깨를 으쓱했고, 스푸트니크에게 '나 혼났어'라고 말하고 싶어 하는 듯한 눈짓을 보냈다.

그 낯선 마법사는.

스푸트니크와 클루를 향해 고개를 깊이 숙여 인사하고 나서 자보트를 내려다보았다.

"난 마녀협회 본부 소속 마법사, 인사담당 책임자 올리비아야. 마녀협회 코쿠디에 지부 지부장 자보트, 그 신병을 마녀협회 본부에 인수인계하도록 하지."

## 8

자보트는 평범한 인간인 스푸트니크에게 가차 없었다.

도주할 때 그녀가 건 마법으로 타박상, 골절 그것 말고도 크고 작은 상처를 입었다. 여기저기 뜨거운 맛을 본 스푸트니크를 유키는 마법으로 응급처치는 해주었지만, "치료 마법을 전문으로 배운 적은 없어"라며 의사에게 진찰받기를 권했다.

그런 경위에서 상처가 아물 때까지 클루롤과 친분이 있는 병원에 며칠 입원하게 되었다. 역시 대륙 통합 도시여서 그런지 의료시설도 리아피아트 시와는 비할 수 없을 만큼 최신 설비가 갖추어져 있었다. 이왕 이렇게 된 김에 부상이 가라앉을 때까지 느긋하게 요양을 해야겠다고 생각했다.

하지만.

예쁜 간호사들이 오가는 모습은 눈 건강에 좋았지만, 계속해서 지켜보고 있던 클루가 토라져서 소란을 부리는 건

감당하기가 힘들었다. 일어날 수 없다는 걸 구실삼아 클루롤이 와서는 설교하고 가는 것도 짜증이 났고, 어디서 주워들었는지 병문안으로 꽃바구니를 들고 온 류가 "이야, 역시 트러블의 중심에 있으시네요"라고 듣기 거북한 말을 하는 것도 화가 났다. 그래서 꽃바구니를 통째로 류의 면상을 향해 던졌다.

그렇기에 느긋하다고는 할 수 없었지만, 거의 평소와 같은 하루하루였다고 할까. 그 며칠 사이에 클루의 체험학교 마지막 날, 뷔알톤 시에서 일어난 클루 유괴 사건에 대한 경찰의 사정청취 등이 있었다.

그것들이 마침내 매듭이 지어졌을 무렵——.

"하이."

유키가 혼자서 병실로 찾아왔다.

"몸은 좀 어때?"

"적어도 술은 마시고 싶어."

"대우가 어떤지 묻는 게 아냐."

유키는 자보트를 잡은 그날, 스푸트니크를 한바탕 격려한 후 "사건 처리를 해야 해서"라며 날아가 버렸고, 그 뒤로 얼굴을 마주한 적이 없었다.

옆구리에 낀 큼직한 과일바구니를 비치된 책상에 놓더니 "뭐 먹고 싶은 거 있어?"라고 말했다. 딱히 없다고 하자 그녀는 오렌지를 꺼내더니 손으로 까서 우물대며 먹었다. 아무래도 그녀 자신이 배가 고팠을 뿐인 모양이었다.

하지만 안타깝게도 잘못 선택한 듯했다. 셔, 하고 혀를 내밀었다.

그리고 그걸 은근슬쩍 바구니 안으로 되돌려놓으려고 해서,

"남기지 말고 먹어."

"······네 병문안 선물이니까."

그럼 왜 손을 댔는지 묻고 싶었다.

유키는 가방에서 꺼낸 손수건으로 손에 묻은 과즙을 닦아내면서 화제를 바꾸었다.

"클루는 어때?"

"사건 당사자였으면서 뭐가 그리 즐거운지 모르겠어. 경찰 청취에도 또랑또랑 대답하고, 체험학교도 마지막까지 착실하게 등교했어. 오늘은 도시를 산책하고 내일은 클루롤 회장님이 상회 본부를 견학시켜준대. 아니 정말이지 그 영감탱이가 쿠를 대하는 웃는 낯짝은 너무 고맙다 못해 구역질이 날 지경이야."

"나도 알아."

유키가 떨떠름한 표정을 지었다.

솔직하고 착실한 아이니까 반듯한 클루롤과의 궁합이 나쁘지 않을 거라고까지는 예상했지만, 설마 그 고지식한 인간이 그렇게까지 클루에게 다정다감할 줄은 몰랐다. 사람 속은 알 수 없는 법이다.

"그쪽은 어때?"

"음. 일단은 전부 마무리됐어. 오늘은 보고도 할 겸 왔어."

유키가 하는 말은 마법사 자보트의 처분과 생존이 발각된 마법사 프랑소와즈의 앞으로의 입장 등이었다.

하지만 마녀협회의 구조와 그 처분 내용에 대해서는 외부인인 스푸트니크는 들어도 거의 이해할 수 없어서―― 그녀가 하는 보고에서 간신히 알 수 있었던 것은 '량과 일라쟈의 현재 거리감이 꽤 재미있다'는 것 정도였다. 듣자 하니 일라쟈가 소아란에게 고백 비슷한 것을 했는데, 태연한 척하고는 있지만 이해득실을 따지지 않는 연애 경험이 부족한 소아란은 어떻게 대응해야 할지 난감한 모양이다. 전 약혼자로서 달리 생각이 있나 싶었지만, 무심히 이야기하는 모습을 보아하니 조금도 없는 모양이다.

"이야. 나이를 먹을 만큼 먹은 남자가 첫사랑에 안절부절 못하는 모습이 너무 우스워서 재미있어."

유키는 악마였다.

스푸트니크가 그 화제에 흥미가 생겼다는 사실을 알아차린 모양이다. 침대 옆에 놓인 둥근 의자에 앉은 유키의 이야기는 마녀협회에서 벗어나 풋풋한 두 사람으로 옮겨갔다. 하지만.

이야기가 완전히 벗어나기 전에 한 가지 묻고 싶은 게 있었다.

병실에서 천장에 진 얼룩을 세는 것밖에 할 수 없는 따분한 하루하루를 보내던 와중.

스푸트니크가 생각했던 어떤 사실을.

"너 말이야."

마법이라는 둥, 마법사라는 둥, 마녀협회라는 둥.

그런 물정에는 어둡다. 하지만,

"응?"

"나한테 말 안 한 거 있잖아."

그 정도쯤은 스푸트니크도 알아차렸다.

노려보았다.

유키는 미소를 머금은 채 고개를 갸웃거렸다.

──숨길 생각은 없는 듯했다.

"그 마법사, 누구야."

어떤 마법사를 말하는 거냐고.

유키가 되묻는 일은 없었다.

"생각해보면 묘했어. 클루롤 회장 저택에서 마법사 자보트의 이름을 들었을 때 네가 '그 사건의 범인이야'라고 망설임 없이 대답했지. 즉 그 여자야말로 예전에 널 살해하려고 했던 진범, 흑막이라는 사실을 넌 진즉에 알고 있었어. 그런데 넌 그 여자의 범행에 대해, 어떠한 보복도── 또는 판단도 이제껏 내리지 않았지."

"진범은 내가 마녀협회를 떠나고 나서── 마법사 프랑소와즈를 죽은 걸로 처리하고 나서 알게 된 사실이니까. 마법사의 죄를 심판하는 건 마녀협회야. 죄를 심판하고 싶어도 마녀협회와의 끈을 놓은 난 이제 와서 어떻게 할 수 없었어."

유키가 반론했다.

옅게 떠오른 미소가 사력을 다해 항변할 마음이 없다는 사실을 알려주었다.

"거짓말이군."

그래서 스푸트니크도 거침없이 몰아세울 수 있었다.

"마녀협회에서 대놓고 지원은 해주지 못했어도 내통은 하고 있었나 보네. ——적어도 중요한 인물을 유사시 즉각 불러낼 수 있을 정도로 말이지."

떠올렸다. 오두막에서 자보트를 구속했을 때의 일.

그때 유키와 소아란 말고 다른 한 사람이 있었다. 그들을 거느린, 스푸트니크가 모르는 마법사가 서 있었다.

그 마법사가 자보트를 보던 날카로운 시선. 구속된 자보트가 아연실색한 얼굴—— 두려워하던 눈동자——.

낯선 마법사. 그 사람이 마녀협회에서 어느 정도쯤 되는 지위에 있고, 어떤 역할을 맡고 있는지는 스푸트니크의 흥미의 대상이 아니었다.

스푸트니크가 알고 싶었던 것은,

"넌 마법사 자보트가 마법사 프랑소와즈의 살해 계획을 세운 흑막이라는 사실, 그 동기, 게다가 마법사 자보트를 재판에 세울 방법을 이미 손에 넣었었지."

유키는 진즉에 마법이라는 억지력을 가지고 있었다.

"그런데 더 일찍 안 잡은 이유가 뭐야?"

목소리가 떨렸다.

이불 위에서 쥐고 있던 주먹도 떨리고 있었다.

"마법사 자보트가 온갖 나쁜 짓을 벌인 근원이라는 걸 알고 있었던 데다 자보트를 절대적으로 구속할 힘을 가진 마법사를 자유롭게 다룰 수 있고 그 사람을 쉽게 불러낼 수 있고—— 언젠가 자보트가 쿠에게 위해를 가할지도 모르는 가능성을 간파하고 있었는데! 방치했던 이유를 답하라고!"

유키는 스푸트니크의 인생에 있어서 한마디로 표현하자면 '표본'이었다.

어릴 적에는 유키와 무지막지하게 싸우기도 하고 그녀가 자신을 울리기도 했으며 그녀 앞에서 꼼짝 못 하기도 했다. 하지만 가출을 해서라도 한 번 더 만나고 싶을 만큼 그녀의 뒷모습을 동경했고, 혼자서 생계를 꾸려가겠다고 결심한 스푸트니크가 흉내 냈던 사람은 기억 속에서 씩씩하게 웃던 그녀였다.

또한 어른이 되어 재회한 유키는 클루와 상인 스푸트니크를 도왔고 공범이 되었다. 마법사 소아란이 팡숑을 파트너이자 스승이라고 표현한 것과 마찬가지로 보석상 스푸트니크에게 있어서 유키라는 사람은 표본이자 이상향이자 누나이자 협력자—— 거역할 수 없는 사람이었다.

——그런 사람이라는 사실을 알면서도 스푸트니크는 지금 언성을 높이지 않을 수 없었다.

그건.

설령 유키와 대치한다고 하더라도 양보할 수 없는 게 있어서다.

그리고 유키가 그것을 지킬 방법을 방치한 결과, 그것을 위험에 처하게 만들었다면——.

"……숨긴 건."

침대에서 몸을 내민 스푸트니크의 어깨를 유키의 손이 살짝 밀었다.

몸이 상한다며 침대로 되돌린 손은 마치 아이를 걱정하는 어머니 같았다.

"속이려고 한 건 아냐. 말할 필요가 없다고 생각했어."

"무슨 뜻이야?"

"그냥, 재미없는 이야기야."

유키는 마치 아이를 대하듯이 스푸트니크의 이마에 손을 가져다 댔고 이야기하기 시작했다.

그 몸짓도, 말투도, 과거로 생각을 기울이는 표정도——그리고 말한 내용까지도.

스푸트니크가 아는 유키라는 사람에게는 어울리지 않았다.

*

"읽었어."

그건 유키가 팡숑으로서 가진 기억.

유키가 된 지 오래 지나 이제 와서는 돌이켜 생각할 것도 적어진 교육 담당자 올리비아와 나눈 대화였다.

팡숑이 어떤 편지를 보낸 지 이튿날의 일이었다. 편지를 받은 올리비아가 팡송을 찾아왔다.

그 무렵 팡송은 안젤리카와 클루의 호위자로서의 임무를 계속해나가면서 마녀협회 직할 연구소에 연구자로 소속돼 있었다. 그 연구소를 경유해 어느 날 마녀협회 본부에서 팡송에게 명령 하나가 떨어졌다——'리아피아트 시에서 협회원으로 인해 문제가 발생. 급히 건너가 문제 해결로 이끌도록 바람'.

팡송은 그 내용이 적힌 편지를 본부 올리비아에게 보냈다.

노크도 없이 팡송의 방 문을 초조한 듯이 연 올리비아는 권할 필요도 없이 응접용 소파에 앉았다.

이어서 노크 소리가 들렸다. 시중이 차를 날라왔기에 "제가 할게요" 하고 티세트를 받아들고 나가게 했다.

팡송은 올리비아 건너편에 앉아 아무 말 없이 손가락을 흔들었다.

빛의 입자가 폴폴 떨어져 그에 응하듯이 책장 제일 아래에 꽂혀 있던 책들이 흔들려서—— 거미 헝겊인형인 팡송의 사역마 샤루가 책을 밀어내고 "뀨"라는 소리와 함께 얼굴을 내밀었다. 다리 여덟 개를 능수능란하게 움직여 티세트로 차를 우려냈다.

차를 한 모금 홀짝이고 팡송은 한숨을 쉬었다.

"아니 정말 몇 번을 다시 읽어도 수상쩍은 통지서란 말이지. 게다가 리아피아트라니 동쪽에 있는 깡촌이잖아. 무슨 명청한 소리를 하는지. 그런 벽촌에 마법사가 있을 리 없잖아."

"입을 너무 함부로 놀리진 마. 조심해."

"아, 실례. 말이 지나쳤네요. 다시 말씀드리죠. ──뒤져
버릴 담당자."

코웃음 치는 팡숑에게 올리비아가 딱딱하게 대답했다.

"함정인가 보네."

"그러게."

고개를 끄덕였다. 마녀협회 본부가 그 명령을 긍정할 리
가 없다.

안젤리카 일족이 가진 체질이나 팡숑의 호위는 일부만 아
는 정보로 쉬쉬하고 있을 만큼 여러 사람이 아는 건 아니지
만, 바꿔 말하면 적어도 '일부는 확실히' 알고 있다는 것이
다. 본부가 철저히 지켜야 한다고 여기는 대상으로부터 우
수한 호위를 떼어놓는 명령이 내려질 리가 없다.

애초에 팡숑은 어떤 의미에서 교육 담당자 올리비아의 관
리하에 있다. 그녀의 허가도 받지 않고 팡숑에게 명령이 떨
어질 일은 없다.

그렇지 않더라도 팡숑의 표면적인 직책은 '연구자'다. 어
째서 연구자를 중재하러 보내는 걸까── 요모조모 뜯어봐
도 수상쩍은 요소밖에 없었다. 누군가 본부를 속이고 내린
명령. 함정이라는 사실을 금방 알 수 있는 너무나도 어설픈
함정이다.

"그런데."

"응."

올리비아가 고개를 끄덕였다.

팡송은 물었다.

"올리비아는 뭐가 좋아? 토산물 말이야."

침묵.

그 후——.

——믿기 힘든 것을 본 듯한 표정.

"안젤리카 님에게는 꽃이겠지? 다니엘 님은…… 아, 클루가 아직 못 먹는 과일이 있으려나?"

"너 설마 리아피아트에 가려는 거야?!"

"보통은 가는 게 정상이잖아. 다만 아직 범인이 누군지 짐작도 안 가고, 상대의 눈을 속이기 위해서라도 이동은 평범한 마법사랑 마찬가지로 중간까지는 전이 마법으로 가서 마법 범위 밖에 도달하면 지도에 마차를 사용하는 수밖에……."

"이런 수상쩍은 권유에 응하겠다고?!"

올리비아가 눈을 크게 뜨고 거친 목소리를 내는 일은 드물었다. 그녀의 본래 생김새도 어우러져 호되게 질책 받고 있는 것처럼 느껴졌지만, 이건 단순히 놀란 것이다.

이럴 때 올리비아는 남보다 손해를 보겠다고 팡송은 곰곰이 생각했다. 약혼자 소아란은 아마도 이 여자의 이런 면을 오해하고 있다—— 아니, 지금 그건 아무래도 상관없다.

올리비아에게 편지를 보낸 날부터 팡송은 쭉 생각했다. 자신에게 함정을 판 범인에 대해서가 아니다. 그런 건 팡송에게 있어서 사사로운 것이었다.

그것보다도.

그 편지를 받고 올리비아는 어떤 대답을 하는 사람일까. 그 생각만 쭉 했다.

그리고 여러 번 생각해도.

상상 속의 올리비아는 범인을 찾아내 신속하게 처분을 내리고 "평소대로 업무에 임하도록 해"라고 팡숑에게 말했다. 눈앞에 놓인 것의 시시비비를 적절하게 가려내 관리하고 가장 효과적이고 효율적으로 처리했다. 그게 그녀라는 사람이다.

그럴 터였다. 일이 잘못돼도 팡숑의 어리석은 판단에 거친 목소리를 내고 놀라는 사람이 아니었을 테다——.

"올리비아."

팡숑은 이름을 불렀다.

묘하게 온화한 목소리가 나왔는데, 가능한 한 빈정대는 것처럼 들리지 않기를 바랐다—— 올리비아는 아, 하고 숨을 삼켰다.

몰아붙일 생각은 없었다. 하지만 자신은 역시 성격이 고약한 사람인가 보다.

"왜 가면 안 되는 거야?"

"그건."

물어선 안 된다는 사실을 알면서도 그 질문을 던져버리고 마니까 말이다.

그렇다. 올리비아는 팡숑이 가지 않기를 바랄 테다. 이 '본부에서 내려온 지시'를 따르면 그곳에는 어떤 함정이 기다리고 있다. 하지만 그건, 올리비아가 팡숑을 말리고 싶은 이유는, 안젤리카의 호위자가 죽어서는 곤란하기 때문만은 아니었다.

정확하게는──.

"이 계획을 짠 게 올리비아 당신의 딸이니까?"

고개가 수그러든 올리비아를 응시하면서 팡숑은 소리를 내지 않고 차를 마셨다.

조금 알아보면 바로 알 수 있는 일이었다.

팡숑이 마법 연구와 두 사람의 호위를 병행하는 반면, 광석증 연구를 적극적으로 추진해야 한다고 의견을 낸 연구자가 있었다. 그건 협회에 있어서 훌륭한 도구로, 그 증상을 해명하여 이식하거나 같은 체질을 가진 생물을 양산해 길들일 수 있다면 앞으로의 마법사, 더 나아가서는 마녀협회의 발전에도 이어진다고.

하지만 그에 팡숑은 반대했다. 체질 보유자가 너무나도 적다는 것, 현대 마법사의 기술로는 도저히 해명할 수 있는 현상이 아니라는 것, 우선은 보호를 우선시해야만 한다는 것…… 더구나 호위하는 입장에서도 그녀들의 신변을 위험에 처하게 하는 짓은 도저히 용납할 수 없다는 것.

두 의견 중 어느 것에든 찬성하는 사람이 있었고 반대하는 사람이 있었다.

그리고 올리비아의 딸, 자보트 또한 광석증에 흥미를 느끼고 있었다.

언젠가 올리비아는 자신의 딸을 가리키며 "팡숑과 닮았어"라고 말했다. 분명 그녀가 말한 대로 또래라는 점, 광석증에 흥미가 있다는 점에 두 사람은 닮았다. 그래서 올리비아의 견해는 틀리지 않았다.

다만 완전 똑같지는 않았다.

광석증을 보유한 자들에 대한 연구자 자보트의 의견은——.

"……미안해."

팡숑이 지시에 따라 동쪽으로 가기로 한 것은 범인의 기대와는 전혀 다른 의미가 담겨 있었다. 팡숑은 동쪽으로 가든, 마법 봉인 부적으로 힘이 봉인되든 능력이 일절 무효화되지 않는다. 그리고 팡숑은 흔한 마법사들이 당해낼 수 없는 역량의 소유자다. 즉 이 지시에 응하겠다는 것은 범인의 파멸을 의미했다.

예전에 올려다봤던 어깨가 건너편 소파에서 묘하게 작아져 있었다.

팡숑은 생각했다. 어째서 올리비아는 딸을 파멸시키고 싶어 하지 않는가—— 마녀협회 본부의 마법사 정도 되면 엘리트 그 자체로 그 경력에 흠집이 나는 일이 있어서는 안 된다. 친딸이 범죄자라는 것은 언어도단이다. 그래서 자신의 위치가 추락하는 것을 염려한 걸까.

또는.

하지만 그건 올리비아 내면에 담긴 이야기로 팡숑이 알

도리가 없다. 어찌 되었든,

"난."

그러니까 어떻다는 이야기가 아니다.

이미 결정한 사안이다.

"이 지시대로 동쪽으로 갈 거야."

이번에야말로 올리비아는 놀라지 않았다.

"내가 여기서 자보트의 계획에 벗어난들 그 아이는 어리석은 계획을 반복해서 세울 뿐이겠지. 그러니 난 '누군가의 함정'에 빠져서 죽은 걸로 할게. 올리비아는 자보트가 범인이라는 사실을 아무에게도 들키지 않도록 요령껏 움직여주고── 다만 그 후 안젤리카 님과 클루의 경비는 지금 이상으로 엄중하게 해줘야 해. 특히 자보트에게는 절대로 두 사람을 아무렇게나 주무르게 두지 마."

호위 한두 사람이 사라진다 한들 현재 체제에는 아무 영향도 없다는 것을. 보충은 얼마든지 할 수 있고, 그 방법이 그녀들을 지킬 수 있다는 것을. 자보트가 아무리 손을 더럽힌다고 해도 헛된 행동에 지나지 않는다는 것을──.

자보트에게 알려주기 위해서는 이렇게 하는 수밖에 없었다.

올리비아는 아무 말 없이 고개를 깊이 끄덕였다.

"량은 올리비아를 갈수록 더 싫어할지도 모르겠네."

"알 게 뭐야."

히히, 하고 웃는 팡숑에게 시무룩한 얼굴로 올리비아가 대답했다.

"넌 그 뒤에 어쩔 셈이야?"

딸의 어리석은 행동마저 말리지 못하는 교육 담당자에게 그걸 알려준다 한들 의미가 있을까. ──그런 소리는 꺼내지 않을 만큼 팡숑에게는 배려심도 사리분별도 있었다.

대신 팡숑은 올리비아에게 몇 가지 사실을 말하고, 몇 가지 사실을 가르쳐주었다.

클루롤 보석상회라는, 교섭에 따라서 몸의 의탁할 가능성이 있는 조직에 대하여. 전부터 마녀협회 밖의 세상을 보러 가고 싶었다는 것. 그래서 이번 일이 아니었더라도 언젠가 현재 직업을 관두려고 했었다는 것.

그러고 나서── 이런 구제할 도리가 없는 '규격 외'라도.

외톨이가 된 자신에게 직업과 가족을 구해주고 때로 찾아오는 사람에게 감사 정도는 느끼고 있다는 것을.

"다만. 올리비아 기억해. ──두 번째는 없어."

"알아."

고개를 숙인 은인, 올리비아는.

또다시 답하는 그 목소리는.

"그때는."

아주 작았다.

＊

"시시한 이야기지?"

그런 노골적인 말로 유키는 팡숑의 이야기를 끝냈다.

계속 말하느라 목이 탔는지 바구니에서 먹다 남긴 오렌지를 꺼내더니 다시 입으로 옮겼다. 하지만 이 단시간에 맛이 달라질 일이 없었기에 조금 전과 마찬가지로 같은 얼굴을 하고서 역시 마찬가지로 바구니에 돌려놓았다.

이어지는 말투는 마치 오늘의 날씨를 말하는 듯했다.

"나는 자보트—— 본부에 연이 있는 마법사한테서 몸을 숨길 필요가 있었어. 그러기 위해 내 잠복처는 마녀협회와 협력관계가 아닌 조직이어야 했어. 또한 내가 거래할 수 있는 곳을 찾다가 생각난 곳이 클루롤 보석상회였지."

팡숑이 유키가 되었을 때의 이야기였다.

그녀가 완전히 도망치기 위해 내린 선택이었다.

"내가 그와 나눈 계약은 날 그의 협회에 받아 들여주는 대신 마법사와 보석상의 거래에 공평성을 유지할 수 있도록 배려하는 것. 마법사와 보석상의 상거래에서 무언가 트러블이 생길 때에는 내 힘을 이용해 마법사를 처리하는 거였지."

처리, 라는 것이 어떤 것을 가리키는지, 딱히 알고 싶지 않았다.

대신해서 물어본 말은.

"왜 그의 양녀가 된 거야?"

답은 한마디로 족했다.

"목줄."

고개를 살짝 기울여 검지로 자신의 목을 가리키면서 유키는 말했다. 목줄. ──평범한 인간에게는 없는 능력이 있는 그녀가 그 조직 안에서 함부로 행동할 수 없도록. 만약 무언가를 일으켰다는 사실이 알려지면 곧장 최고 책임자에게 연락이 갈 수 있도록.

가뜩이나 한쪽은 자신의 지식과 도피를 위해, 한쪽은 조직의 운영을 위해 서로 이용하는 관계였다. 그들 사이에서 신뢰관계가 싹틀 리가 없었다는 건가.

그들의──부모와 자식 간의 신뢰관계. 그런 말을 생각할 때 갑자기.

귓속에서 되살아난 말이 있었다.

──그럼 그 여잔 왜 날 고발하지 않고 순순히 죽었던 거지?

마법사 자보트가 던진 물음. 스푸트니크가 대답할 수 없었던 질문.

팡쑹──유키가 자보트의 첫 번째 죄를 눈감아준 이유.

그건.

"유키."

"응?"

"넌……."

어릴 적에 '부모님'을 잃었던 일.

유키가 동생을 몹시 걱정하고 예뻐해줬던 일.

예전 '약혼자'였던 소아란의 새로운 길을 응원하는 일.

옛날에 팡쑹이 목숨을 걸고 '가족'을 지키고 있었던 일.

은인인 교육 담당자 올리비아가 '딸'을 범죄자로 만들고 싶지 않다고 애원한 일. 자신의 목숨마저 노린 상대를 딱 한 번 눈감아주기로 판단내린 일——.

어른이 된 지금도 같은 핏줄도 아닌 자신을 '남동생'이라고 부르며 뒤에서 도와주는 일.

떠오른 가능성은 자신이 아는 유키라는 사람에게 너무나도 어울리지 않았다.

그리고 그것은 증거가 없는 단순한 상상이었다.

하지만.

어쩌면.

"내가 뭐?"

혹시 유키는.

자신이 얻지 못했던 것을.

——가족의 애정을 동경하고 있었던 걸까.

하지만,

"……아냐, 아무것도 아냐. 잊어버려."

스푸트니크는 천장을 보면서 손을 흔들었다. 그런 질문은 너무 촌스럽다.

그리고 묻는 대신에.

"고함질러서 미안."

조금 전에 예의 없이 굴던 행동을 사과했다.

그에 유키는 조금 놀란 표정을 짓더니.

언젠가 들었던 말을 다시 했다.

"다 컸네. 우리 푸."

그건 조금의 빈정거림도 없는 유키의 진심에서 우러나온 칭찬이었다.

그렇기에 스푸트니크는,

"거참 시끄럽네."

이불을 끌어당겨 머리끝까지 뒤집어썼다.

*

노크. 병실 문이 열리는 소리가 들렸다.

아이의 명랑한 목소리가 온화한 병실에 울려 퍼졌다.

"스푸트니크. 나 왔어요. 몸 상태는—— 앗, 팡숑 씨!"

병실이라서 조금 죽이고 있던 목소리는 며칠만의 재회에 곧바로 신바람이 난 듯했다.

"안녕, 클루. 잘 지내고 있었어?"

"잘 지내고 있어요! 오늘도 아침이랑 점심이랑, 그리고 과자도 많이 먹었어요!"

"그거 다행이네. 오늘은 뭐 하고 왔어?"

"그게, 그러니까, 오늘은 말이죠——."

리에와 함께 시청 견학을 하고 왔던 일. 나츠와 먹은 점심이 맛있었다는 일. 시계탑 종소리를 근처에서 들었던 일. 뷔알톤 쇼핑을 하고 왔던 일…….

유키와 흥분하는 기색으로 이야기하는 클루를 보면서 스

푸트니크는.

유키에 대해, 그녀들 마법사에 대해.

항의하고 싶은 게 많았다.

결국 자신은 아무 힘도 없는 평범한 인간에 지나지 않는다. 그런데 어째서인지 마법사의 소동에 휘말려 특이한 아이를 떠안았다. 익숙하지 않은 육아를 해야 했다. 괜한 돈을 써야 했다. 몇몇 소동에 휘말려 괜히 피곤해져야 했다. 상처도 입었다.

게다가 지금은 이렇게 자유롭게 행동할 수도 없다…….

대충 생각한 걸로도 위자료를 청구할 만한 사안이 산더미였다.

하지만.

그 모든 것이 있었기에——.

"스푸트니크, 왜요?"

"아냐."

지금 봄 햇살 속에서 종업원 클루가 사랑하는 이들에게 사랑받고 있다고 생각하자.

점주로서는 딱히 뭘 요구할 필요도 없겠다고 생각했다.


리아피아트 시(市)는 대륙 동부에 위치한 루카 가도의 역마을로 번영했던 중소 도시였다.

일 년 내내 온난한 기후 덕분에 각종 과실과 화훼의 산지로 알려진 그 도시는 마녀협회 지부는 없지만, 경찰국의 치

안 유지 활동이 상당히 우수하여 미해결 사건은 제로나 마찬가지였기에 무척이나 살기 좋은 땅이었다.

그런 도시 한쪽 구석에 점원 두 사람이 일하는 아담한 보석점이 있었다. ——'스푸트니크 보석점'.

끝

# 에필로그

처음에 스푸트니크의 상태를 어른들이 입을 모아 "걱정할 정도는 아니다" "어른한테는 흔한 일"이라고 클루에게 설명한 작전이 통했는지 이번 건에 대해 클루가 자신을 자책하는 일은 없었다.

생명에 지장을 주는 일이 그리 흔해 빠졌냐고 스푸트니크는 내심 생각했지만 자기혐오에 시달리며 하는 일 없이 지내는 것도, 속죄로 하루 종일 클루에게 간병 받는 것도 싫어서 적당하게 입을 맞췄다.

"뭐, 학창시절에 있었던 선배의 여자문제에 비하면 큰일은 아니죠" "그 무렵에는 종종 상해 문제로 번졌었죠. 요즘엔 괜찮아요?"라며 웃으며 말한 류는 회복을 기다렸다가 패러 갈 예정이지만, 시급한 문제는 아니다.

실제로 오늘 체험한 것을 손짓과 발짓해가며 말하는 클루에게 그늘은 없었다. 새로운 게 너무 많아서 이야기하고 또 이야기해도 여전히 부족한 모습이었다.

뷔알톤 시는 리아피아트 시에서 멀어서 어지간해서는 오기 힘든 장소라 여기서만 할 수 있는 체험을 쌓아두는 건 시간 활용법으로도 유익하지만——.

문득 신경이 쓰였다.

"너 말이야."

"네?"

"'체질'은 괜찮아?"

즐겁고 주변을 둘러싼 신기한 것들에 정신이 팔려서 또 '체질'에 대한 주의를 게을리 하고 있지는 않을까.

거리에서 샀다고 하는 와사비 메이플 소금 버터 치즈에 상큼한 데미글라스 딸기 단팥 바닐라 맛 팝콘——맛있는지 맛없는지 스푸트니크로서는 상상도 할 수 없지만——을 먹음직스럽게 먹던 클루가 "욱" 하고 말했다.

입 안에 팝콘이 가득해서 반론할 수 없는 동안에 만약을 위해 못을 박아두었다.

"또 다른 사람한테 들키지는 않았겠지? 번거로운 일은 더 이상 사양할게."

"괘, 괜찮아요. 손수건 같은 거 잘 챙겨 다니고 있어요. 그리고 나츠 씨랑 랏슈 씨도 늘 같이 있으면서 지켜줘요. 괜찮아요!"

반복되는 '괜찮다'가 오히려 신용도를 떨어뜨렸다.

어떻게든 안심해주기를 바랐는지 그러니까, 그러니까 하고 말을 거듭하는 클루에게 도움의 손길이 나타났다.

"자보트 일파라면 마녀협회 본부가 신병을 확보하고 있으니 괜찮아. 클루에 대해서도 협회 내에서 함구령이 떨어졌대. ⋯⋯아, 이거 맛있다."

이번에야말로 나도 대놓고 힘이 될 수 있으니까, 라고 유키는 클루가 끌어안고 있는 팝콘을 옆으로 손을 뻗어 집어먹으며 느긋하게 말했다. 어떤 교섭이 이루어졌는지는 모르지만, 유키, 아니 마법사 프랑소와즈는 정식으로 마녀협회로 복귀──또는 복권(復權)──을 이룬 모양이다.

하지만 그렇게까지 낙관적으로 볼 수 있는 상황도 아니다. 목숨을 대신해서라도 종업원을 지키는 것은 점주의 역할이라고 믿어 의심치 않았지만, 점주의 목숨은 하나밖에 없다.

평범한 인간일 뿐인 자신이 어디까지 지켜줄 수 있을까.

"강경 수단으로 나올 마법사가 그 여자 하나뿐이라고는 할 수 없잖아. 마법사에게 있어서 이 아이가 얼마나 귀하고 유용한 생물체인지도 이번에 몸소 이해했어── 보석을 토하는 모습을 들키지 않도록 앞으로 해나갈 생활에서 자신을 지키는 법도 지금보다 더 고려해보는 편이 좋을지도 모르겠네."

"아, 그래도 그건 다행이지 않아?"

사태를 전혀 무겁게 받아들이지 않는 유키의 말.

마음에 들었는지 컵에서 또 팝콘을 집어 들었다.

"마녀협회 본부 마법사들에 대한 권력이 절대적이라고 생각해?"

"음, 그건 아니지만."

집어든 팝콘을 입 안으로 던져 넣고,

"어차피 클루도 이제 슬슬 보석을 토하지 않게 될 거니까."

"그렇다 해도──."

유키의 말을 반사적으로 반박하려고 하다가.

흠칫 하고 입을 다물었다.

지금.

뭔가 몹시 중요한 말을 듣지 않았던가?

"뭐?"

유키에게 되물으면서 클루의 얼굴을 쳐다보았다.

클루는 때마침 팝콘을 삼킨 차였다.

그녀도 말했다.

"네?"


보석을 토하는 소녀⑨  ~소녀를 향한 기도~  끝.

9
Housekihaki
no
Onnanoko
Written by Namiato,Illustration by Kei

특별단편
밤

클루를 고용한 지 얼마 지나지 않았을 무렵의 이야기이다.

종업원 클루의 개인 물품은 토끼 인형을 필두로 조금씩 늘어났다.

다만 어디까지 '조금씩'이라 현재는 이게 갖고 싶다 저게 갖고 싶다고 떼를 쓰는 일도 딱히 없다. 말을 잘 들어서인지, 거스르면 버림받는다고 생각해서인지는 여전히 불분명하다. 다만 정처 없이 돌아다니는 처지로서 짐이 너무 늘지 않는 건 고마운 일이다.

유키는 편지로 클루의 근황을 자주 듣고 싶어 해서 "갖고 싶어 하는 건 얼마든지 사줘"라고 자신의 자금도 아니면서 인심을 베푸는 글을 써서 보내곤 했다.

또한 "혹시 여행하는 데 방해되면 우리 집에서 맡을 테니 보내줘!"라고도 썼기에 철 지난 스푸트니크의 코트를 보냈더니 "네 거 말고"라는 메시지 카드와 함께 반송되었다. 착불로 말이다.

그건 그렇다 치고.

현재 클루의 마음이 쏠려 있는 것은 예의 헝겊인형과 스케치북과 색연필이다. 스푸트니크가 일을 마치고 숙소로 돌아오면 최근에는 늘 헝겊인형에게 이런저런 말을 걸면서 영문을 알 수 없는 그림을 그리고 있다.

그리고 스푸트니크가 자기 전에 한잔 느긋하게 즐기고 있는 지금까지도. 그녀는 책상을 차지하고 무언가 열심히 그리고 있었다——.

몇 잔째던가 스푸트니크가 잔을 기울였을 때.

고개를 들고 이쪽을 쳐다보는 클루와 눈이 마주쳤다. 흠, 하고 숨을 내쉬고 자신만만하게 가슴을 폈다.

"오늘의 쿠는 그림 상인이에요."

"무슨 상인?"

"그림 상인이요."

상인을 흉내 내고 있는 모양이니…… 소꿉장난이라고 말하는 편이 맞으려나.

술기운 때문인지 잠시 상대해주고 싶은 기분이 들었다.

"오늘 매상은 어땠나요?"

피넛을 집으면서 물어보자.

클루는 인상을 팍 구기고서,

"수입이 꽤 짭짤했어."

……누굴 흉내 낸 거지?

클루 앞에서의 언동을 조금 개선하는 편이 좋을지도 모르겠다고 반성하지만, 알코올 기운이 가시면 그런 결심도 잊게 되겠지. 술을 한 모금 더 들이켰다.

"그럼, 한 장 부탁드려도 될까요?"

"네!"

스푸트니크의 주문에 클루는 씩씩하게 대답했다.

"당점은 선불제입니다."

의외로 야무졌다.

클루는 의자에서 폴짝 뛰어 내려오더니 스푸트니크가 있
는 곳으로 다가왔다. 손 언저리의 접시를 잠시 바라본 후,

"초콜릿이 좋아요."

"네. 알겠습니다."

술안주 중에서 은박지에 싸인 초콜릿 하나를 집어 건넸다.
기쁜 듯이 포장을 열면서 "매번 감사합니다"라고 말했다.

그림 내용에 대한 주문을 받을 마음은 없는지 아무것도
묻지도 않았다. 초콜릿을 다 먹더니 얼른 책상으로 돌아가
창작 활동에 임했다. 색연필 중에서 검정색과 청색을 꺼내
더니 스케치북 우측 상단부터 정성스럽게 그 색들을 휘갈기
기 시작했다.

스케치북에 열심히 색을 입혀나갔다. 그 모습을 안주 삼
아 스푸트니크는 술을 벌컥벌컥——.

"완성됐습니다."

스푸트니크의 눈꺼풀이 감겨올 무렵 마침내 그 말을 들을
수 있었다.

하지만.

클루가 자신만만하게 이쪽으로 들이민 스케치북의 한 페
이지. 그곳에 그려진 것은…….

뭐지?

그건 단지 검게 칠해졌을 뿐인 종이 한 장이었다. 아니,
청색과 남색도 사용돼 정확하게는 검정 일색은 아니지만 대
체로 검었다. 까맸다.

한참 고민했지만 답을 찾을 수 없어서 절반은 항복의 뜻
으로 물어보았다.

"……제목은?"

창문 밖을 가리키며 클루가 가슴을 폈다.

"밤이에요."

"밤,"

그렇구나. 심오하다.

……라고 생각할 만큼 자식이라면 끔뻑 죽을 정도로 바보
는 아니지만, 납득은 할 수 있었다.

"어때요?"

짙은 색을 계속 열심히 칠한 덕분에 양손 여기저기가 까
매져 있었다.

완성된 그림의 결과는 둘째치고── 알코올 기운에 정신
이 혼미해져서인지 그 노력만큼은 칭찬해도 될 것 같은 느
낌이 들었다. 그래서,

"자 받아. 팁이야."

추가로 초콜릿 두 개를 건네자 클루는 가슴을 폈다.

그리고.

누군가의 행동을 보고 익혔는지 이런 소리를 했다.

"앞으로도 당점을 이용해주십쇼!"

\*

뒷날.

"그림 상인 놀이라고 합니다"라며 어두운색으로 빽빽하게 칠해진 예의 스케치북 종이를 유키에게 보내자 두꺼운 원고용지 다발이 왔다.

용지에는 그림에 대한 감동과 칭찬이 온갖 어휘를 활용해 빼곡하게 담겨 있었다.

"쿠에 대한 이 녀석의 맹목적인 사랑은 대체 어디서 오는 거야."

아이를 이렇게나 좋아했던가? 라며 고개를 갸웃거려도 답은 나오지 않았고——.

그 애정의 근거를 알게 된 건 그로부터 몇 년 후였다.

끝.

# 9

### Housekihaki
### no
### Onnanoko

Written by Namiato Illustration by Kei

특 별 단 편
## 한가로운 이들의
## 뷔알톤 시

"오늘 쿠의 일정은 말이죠."

"응."

"클루롤 보석상회 본부를 견학하는 거예요."

"응."

"오늘 스푸트니크의 일정은 말이죠."

"응."

"상처를 치료하는 거예요."

"응."

뷔알톤 시의 종합병원, 그 개인실에서.

보석상 스푸트니크는 '오늘의 일정'이라고 제목이 붙은 노트를 읽는 종업원 클루에게 적당히 맞장구를 쳤다.

스푸트니크는 요전번에 일어난 소동에서 입은 부상 때문에 지금도 여전히 뷔알톤 시 종합병원에 입원 중이었다.

마녀협회가 치료비 전액을 지불하겠다고 나섰다는 점, 완치까지 유키——라고 해야 할까 클루롤 보석상회가 보석점의 각종 사무를 대행하게 되었다는 점에서 스푸트니크 보석점으로서 당장의 문제는 없다.

다만——.

요양 생활을 해나가는 가운데 신경 쓰이는 것은 클루였다. 매일 스푸트니크의 병실에 오는 그녀는 근본적으로는 즐거워 보였지만, 처치를 받을 때 스푸트니크가 통증으로 인해 인상을 찌푸리면 무언가를 떠올렸는지 참으로 슬픈 표정을 지었다. 그게 스푸트니크로서는 대단히 언짢고 안절부절못했다.

그래서 마찬가지로 병실을 찾아오는 나츠나 유키, 클루롤에게 상담했더니 클루의 '심심풀이'를 마련해주었다.

뷔알톤 시는 오락거리도 풍부하다. 술이나 도박 같은 것도 물론이거니와 시청에는 악기 강습반이나 동물과의 교감 체험, 수예나 공예 스터디 등, 평소에 다양한 교실이 열린다.

그중에는 물론 아이를 위한 체험교실도 많았다. 그들은 클루와 함께 참여해주었다.

병실 창가에 놓여 있는 비누로 만든 꽃 부케도 그저께 클루와 나츠와 유키 셋이서 체험 교실에 참가해서 만든 거라고 들었다. "몸조심해요"라고 적힌 메시지 카드가 곁들어져 있었다.

매일 아침 클루가 병실에서 오늘의 일정을 주제로 목적지를 보고하는 것은 얼마 전처럼 경찰까지 부르는 소동을 피하기 위해서다. "이제 더 이상 멋대로 외출 안 해요"라고 대단히 반성한 모습으로 말했지만, 클루에게 벌을 내리기 위해서가 아니라 상황 파악을 하기 위해서이다. 이쪽의 의사와 상관없이 공격해 오는 상대가 있기 때문이다.

어제는 나츠와 둘이서 왈츠 원데이 클래스를 수강하고 왔다고 한다. 간들간들 깡충깡충 간들간들 깡충깡충—— 또

다시 춤추는 모습을 보아하니 상당히 즐거웠던 모양이다. 스텝이 가끔 이상했지만, 본인이 만족하고 있는 듯해서 합격점을 주었다.

"리아피아트 시에 돌아가면 댄스파티를 열고 싶어요."

"흐음."

엘사에게 부탁하면 장소 제공 정도는 해주겠지만, 그 시골구석에서 열었다 한들 정말 춤을 출 사람이 얼마나 있을지는 명확하지 않다.

그렇게 대답하는데,

"그럼 춤 안 춰도 돼요."

"그건 댄스파티가 아니잖아?"

여느 때와 같은 얼렁뚱땅한 모습에 마음이 놓였다.

"스푸트니크는 춤출 수 있어요?"

"……본가에 있었을 무렵에 대충 익혔는데, 지금은 모르겠네. 잊어버렸으려나."

"그럼 제가 알려줄게요."

쿵짝짝 쿵짝짝 노래를 부르면서 팔다리를 파닥거리더니,

"댄스파티에 가본 적은 있어요?"

본가에서 지내던 무렵, 사교계를 본격적으로 접할 일은 없었다. 어른들의 모임에 불려 나갈 일도 아직 많지 않기 때문에 실제로 파티에서 춤을 춘 경험은── 아니.

어릴 적에는 없었다, 하지만.

학창시절에 학교가 주최한 파티에 출석한 것과 그리고.

"취직하고서 한 번 있었네."

"오오."

턱에 손을 가져다 대면서 대답하자 클루가 흥미진진하게 몸을 내밀었기 때문에 스푸트니크로서는 기분이 썩 나쁘지 않았다.

"몇 년 전이더라. 거래처를 개척할 요량에 고객 소개로 출석했을 때 아무래도 그 고객의 딸이 내가 마음에 들었는지 느닷없이 '당신이랑 꼭 한 곡 추고 싶어요'라더군. 신분 차이 때문에 안 된다고 거절했는데 '내 딸에게 수치심을 안겨줄 셈이냐'며 고객이 비웃었——."

"이제 됐어요."

하지만 어째서인지 갑자기 말을 끊더니 흥, 하고 뾰로통한 얼굴로 다른 쪽으로 고개를 돌렸다. 질문에 대답했을 뿐인데 불쾌해하는 건 무슨 논리지.

"조만간 나랑도 춰줘요."

"난 이제 잊어버렸다니까. 나츠랑 춰."

나츠의 키라면 남성 역할도 가능할 거라 생각해서 말했지만, 그것도 탐탁지 않은 모양이다. 더욱더 뾰로통해졌다.

도대체 뭐가 불만인 거지? 이해하지 못한 채 이맛살을 찌푸렸을 때——.

——똑똑.

노크 소리가 났다. 문이 열리고 젊은 간호사가 들어왔다.

"스푸트니크 씨, 체온이랑 혈압 잴게요."

"아, 벌써 시간이 그렇게 됐나?"

화제를 바꿀 기회가 나타났다는 사실에 가슴을 쓸어내렸다.

여전히 불만스러워하며 이쪽을 뚫어지라 쳐다보는 클루는 무시했다. 오른팔을 내밀자 간호사가 가느다란 손으로 잡았다. 도구를 부착하더니 의식을 가만히 집중하고 있었다.

…………

"조심하세요. 지금 스푸트니크가 가슴 보고 있었어요."

"안 봤거든?!"

똑똑히 보고 있었지만.

뭐가 불만인지 여전히 간호사에게 속닥거리는 클루와 쓴웃음을 짓는 간호사에게 화가 치밀어서 그만 소리치고 말았다.

"너 이제 가! 제발 클루롤 씨한테 민폐 좀 끼치지 마!"

"말투가 왜 그래요? 너무해요! 쿠는 스푸트니크랑 달리 착실하게 반성해서, 더 이상 클루롤 아버지한테 민폐 안 끼쳐요!"

나도──라고 대답하다가 과거에서 현재에 이르기까지 계속 민폐 덩어리라는 자각을 하고 있었기에 그만 입을 다물고 말았다.

그 틈에 클루는 병실 문으로 달려가 문손잡이에 손을 얹더니.

"흥칫뽕이에요. 흥칫뽕이라고요! 잘 들어요, 스푸트니크, 쿠가 돌아올 때까지 쿠에게 해야 할 바른 대답을 착실하게 생각해요!"

억지를 부릴 만큼 부리고 병실을 뛰쳐나가고 말았다.

큭큭, 하고 웃는 소리.

"귀엽네요."

"……귀엽긴요."

클루를 구한 것을 생색낼 생각은 없다. 그게 자신의 역할이니까.

하지만—— 욕심을 부리자면 조금 더 자신에게 애정이라든가 배려심을 가지는 게 좋지 않을까 싶었다. 그런 불평을 간호사에게 부렸더니 그녀는 다시 웃더니,

"더할 나위 없이 사랑받고 있는 것 같은데요?"

영문을 알 수 없는 소리를 해서 한숨이 나왔다.


2


"클루, 견학 기대되네."

"넵."

곁에서 걷던 나츠의 말에 클루는 고개를 크게 끄덕였다.

병원을 갓 나설 무렵에는 울컥울컥하던 클루의 마음도 나츠와 합류해서 클루롤 보석상회 본부에 도착했을 때는 완전히 누그러들어 있었다.

그렇다. 계속해서 사소할 일 때문에 심란해하고 있을 순 없다. 뭐라 해도 이건 공부를 위한 방문이니까!

오늘 클루의 일정은 클루롤 보석상회를 방문하는 것이었

다. 클루롤이 직접 '기껏 뷔알톤 시에 왔으니까 원한다면 사회과 견학이라도 하는 게 어떠냐'고 권했다.

나츠가 따라와 준 덕분에 길을 헤매지도 않았다. ……사실 오늘은 랏슈가 따라올 예정이었지만, 클루롤이 "그 녀석을 내 일터에 들이는 것만큼은 사양하고 싶군"이라고 했기에 대역을 나츠가 맡아주었다.

간판을 보고 손에 든 지도에 시선을 떨어뜨리고는―― 나츠가 빙긋 웃었다.

"응. 여기네."

"시간에 맞춰 도착해서 다행이에요."

약속 시간 10분 전이었다. 지각하는 건 실례고, 게다가 늦으면 분명 그는 걱정할 테다. 길을 헤매지 않고 도착해서 안도했다.

"조금 이르지만, 안에서 기다릴까?"

"네!"

나츠와 어깨를 나란히 하고 클루롤 보석상회 문을 빠져나갔다. 통유리로 된 큼직한 문은 생각보다 묵직하지 않아서 미끄러지듯 열렸다.

번쩍번쩍 빛이 나게 닦은 투명한 유리. 숨을 내뱉어 그림을 그리고 싶었지만―― 오늘은 공부하러 온 것이다. 놀러 온 게 아니다!

넓찍한 입구에 좌측 일각에는 분수가 있었다. 물속에서 어른거리듯 색깔이 움직이는 것처럼 보이는 것을 보아 물고

기가 헤엄치고 있는 모양이다. 올려다보니 샹들리에가 있었다. 아무도 없는 접수대에 화병과 더불어 놓인 '용무가 있으신 분은 알려주십시오'라는 은색 벨은 손가락 자국 하나 없이 닦여 있었다.

"이 벨을 누르면 되려나?"

오늘은 열심히 공부해야지, 하고 재차 기합을 넣었을 때.

"회장님. 클루 아가씨는 아직 오지 않았습니다."

"으응?"

갑자기 오른쪽에서 자신의 이름이 들려 클루는 그쪽으로 고개를 돌렸다.

그곳에는———.

"약속 시간까지 회장실에서 집무를 보시길 부탁드립니다."

"저희들이 접수처에서 대기하고 있습니다. 클루 아가씨가 오시면 재깍 알려드리겠습니다."

"회장님. 결제해야 하실 서류가 쌓여 있습니다. 회장실로 돌아가시는 게 어떨까요?"

"놓으라니까. 놓으라고 했잖나!"

건물 안쪽으로 이어지는 복도에서 몇 사람이 나오던 차였다.

접수원인 듯한 여성들과 실랑이를 벌이는 클루롤의 모습이 보였다. 어째서인지 무척이나 어수선해 보였다. 말을 걸면 민폐가 되려나——— 아냐!

괜찮아! 자신에게 용기를 북돋아 주었다. 두려워할 건 아무것도 없다. 그야 어젯밤에 꼼꼼하게 보석상회를 방문했을 때의 매너를 예습했으니 말이다!

"저기, 저기, 안녕하세요!"

씩씩한 목소리로 반듯하게 인사를 했다. 그러자 클루롤 일행이 이쪽의 존재를 깨달았다.

어른들의 시선을 잔뜩 받아서 긴장되었지만, 어제 연습했던 것을 열심히 떠올렸다. 인사 다음에는 자기소개와 용건을 말해야 한다.

"리아피아트 시에 있는 스푸트니크 보석점의 종업원 클루입니다! 오늘은 공부하러 왔습니다! 잘 부탁드립니다!"

연습한 대로 빠짐없이 말했다. 안도의 한숨을 내쉬었다.

예전에 피네치카 시에 있는 클루롤 보석상회 지부를 방문했을 때보다는 훨씬 능숙하게 인사를 한 것 같았다. 스스로에게 합격점을 주고 싶을 정도였다.

그렇다면 다른 사람은 어떤가. 고개를 들어 다시 주변을 둘러보자,

"이렇게 착한 아이가 어째서 그런 녀석의 종업원인지……."

"지당하신 말씀입니다."

이마를 짚고 한숨을 쉬는 클루롤과 진지하게 고개를 끄덕이는 나츠.

무슨 뜻이지……? 잘못 인사했나? 살짝 불안해져서 클루는 다음으로 클루롤에게 말을 걸기로 했다.

"저, 저기, 안녕하세요. 클루롤 아버지."

그러자 흰 수염이 실룩실룩 움직였다.

가려운 것을 참는 것처럼도 터질 듯한 웃음을 참는 것처럼도 보였지만, 진실은 알 수 없다. 그는 두 번 정도 헛기침을 하더니 또렷하지 않은 목소리로 중얼거렸다.

"오늘은 회장이라고 부르렴."

그렇다. 즉 클루롤은 조금 전에 한 클루의 인사는 여전히 가족에게 응석을 부리는 마음이 드러나 있다고 말하고 싶은 걸 테다.

공부하러 왔는데, 성장하려고 방문했는데 그런 마음가짐을 가져서는 못 쓴다! 클루는 가슴 앞에서 손을 꼬옥 쥐었다. 그리고,

"네! 잘 부탁드립니다, 회장님!"

"흠."

자신이 어린아이 취급을 받지 않는 것. 자신을 학문에 뜻을 두는 한 사람으로서 인정해주고 있다는 것.

몸이 긴장되었다.

"동행한 나츠입니다. 오늘 잘 부탁드립니다."

"이쪽이야말로 잘 부탁드립니다. 그럼 응접실로 안내하겠습니다."

그리하여 응접실로 향하기——전에.

접수원 여성은 허리를 굽혀 클루에게 얼굴을 가져오더니 이렇게 슬쩍 말했다.

"회장님은 저희에게 클루 아가씨에 대한 이야기를 늘 해주셨습니다. 무척이나 착실하고 반듯한 아이라고 하셨습니다."

정말 기뻤다. 에헤헤, 하고 뺨이 누그러들었다.

그래서 클루도 보답으로 작은 목소리로 이런 사실을 알려주었다.

"클루롤 아버지는 정말 다정하세요. 너무 좋아요."

목소리를 죽이고 있었지만, 아무래도 들린 모양이다.

수염이 또다시 실룩실룩 움직였다.


회의실, 서재, 사무 관련 층, 정보관리 층…… 식당이나 휴게소. 클루롤 보석상회 본부는 본부인만큼 수많은 사람과 공간과 책상과 서류가 있었다.

직원 말고 다른 사람에게는 기밀로 해야 하는 것도 많았기에 대부분 서류는 보여주지 않았지만, "이건 기밀 정보가 아니니까"라며 딱 한 장 건네받은 게 있었다—— 스푸트니크 보석점 점원 명부. 스푸트니크의 필적으로 쓰인 클루의 이름을 보여주었다.

리아피아트 시에서 이렇게 멀리 떨어진 도시에 클루의 이름이 쓰인 서류가 놓여 있었다. 왠지 무척이나 기분이 묘했다.

"일단 얼추 안내는 끝났군."

건물 내 견학을 마치고 마지막에 안내받은 곳은 응접실이었다. 가죽으로 된 번듯한 소파와 목재 테이블. 클루롤을 마주하고 나츠와 나란히 앉았다.

노크 소리가 들리고 여성 직원이 차를 가지고 나타났다.

그와 동시에 클루롤이 테이블 위에서 미끄러뜨리다시피

해서 무언가를 이쪽으로 내밀었다.

"당회 소개 팸플릿을 만들어봤어. 괜찮다면 읽어주렴."

"네!"

파스텔 핑크색을 바탕으로 한 표지에 온기가 담긴 붓 터치로 그려진 한 여자아이. 커다란 보석을 품에 안고서 이쪽을 향해 빙긋이 웃고 있었다.

표지 위에 적힌 문구는——.

〈두근두근! 클루롤 보석상회에 오신 것을 환영합니다〉

차를 내던 여성의 눈초리가 날카로워졌다.

"회장님, 최근에 묘하게 열심히 서류 작업을 하신다 싶더니!"

"시끄러. 잠자코 있어."

"이런 서류 작성은 홍보부에 맡기라고 그렇게나 말씀드렸잖습니까!"

"만들고 싶어서 만들었는데 뭐가 잘못된 거란 말인가!"

두 사람이 벌이는 실랑이를 들으면서 클루는 그 팸플릿을 펼쳤다.

적혀 있는 것은 보석상회의 설립 목적, 역사, 업무 내용이었다. 그림도 많았고 큰 글자로 적혀 있었다. 읽기 쉽고 알기 쉬워서 클루도 이해할 수 있었다.

그렇기에——.

입술이 실룩실룩 일그러졌다.

"클루 왜 그래?"

클루의 표정의 변화를 알아차린 나츠가 의아한 듯이 얼굴을 들여다보았다.

어떻게든 참아보려고 했지만, '괜찮다'고 말하고 싶지만 뜻대로 되지 않았다. 입술이 파르르 떨리며 목소리가 나오지 않았고 이윽고.

"흐…… 흐윽……."

눈물을 참을 수 없어서 결국 나츠를 부둥켜안았다.

"어머, 어라. 클루, 왜 그래?"

"흐흐, 흐흐흑, 흐흑——."

"지금 이 건물에 있는 과자란 과자는 전부 다 여기로——!"

"클루롤 회장님도 진정하세요!"

나츠가 클루의 등을 쓰다듬으면서 문을 열어 복도를 향해 소리치는 클루롤을 저지했다.

눈물을 조금 흘렸을 뿐, 얼마 지나지 않아 가라앉았다. 과자는 산더미처럼 모였지만 말이다.

콧물을 훌쩍이면서 클루는 "울어서 죄송해요"라고 두 사람에게 사과했다.

"스푸트니크가 예전에 저한테 말했어요. '자기한테 만에 하나 무슨 일이 생기면 제 후견은 상회에 일임했다'고요. 전에…… 마법사한테 공격받았을 때요."

"그렇구나. 클루는 그때 일을 떠올린 거네?"

"스푸트니크는 스푸트니크가 없어져도 전 괜찮다고, 스푸트니크가 사라져도 저는, 저는……."

흑, 하고 또다시 눈시울이 뜨거워졌다.

……하지만.

이번에는 클루의 눈에서 눈물이 떨어지기보다 앞서,

"그 녀석이. 그렇군. ……허허."

어째서일까.

나지막하게 웃는 소리가 들리고——.

"……클루롤 아버지?"

"아, 미안해. 네가 그렇게나 슬퍼하는데 웃으면 안 되는 이야기지."

손을 흔들어 사과하는 클루롤을 보고 초조하거나 화가 나는 감정은 느껴지지 않았다. 나츠가 건네준 손수건을 쥐면서 여전히 뭐가 우스웠던 걸까 하고 고개를 갸웃거렸다.

클루롤은 한 번 더 사과하고서,

"네가 들은 적이 있는지는 모르지만."

그렇게 서론을 꺼내더니.

이런 옛날이야기를 하기 시작했다.

"그 녀석이 신출내기였을 때 까마귀가 상품을 물어간 적이 있지."

스푸트니크는 까마귀를 싫어한다. 가게 주위에 있는 것을 발견하면 빗자루로 집요하게 쫓아낼 만큼 싫어한다.

클루는 그가 옛날 까마귀에게 호된 일을 당했다는 건 알고 있지만, 자세한 이야기는 듣지 못했다—— 물어보면 분명 불쾌해할 테다. 그리고 절대로 가르쳐주지 않을 것이다. 클루롤은 "내가 알려줬다는 건 그 녀석에게 비밀로 하는 거야"라고 장난스럽게 말했다.

"그 녀석이 학교를 졸업한 지 아직 얼마 지나지 않았을 때였지. 나는 그 녀석에게 우리 상회에 들어오기를 권했어. 만약 무슨 일이 있을 때 도움이 될 거라면서 말이야. ……하지만 그 녀석은 생각하는 시늉도 하지 않고 코웃음 치더니 그딴 건 필요 없다고 툭 내뱉더군. 자기 일은 자기가 알아서 한다, 남의 도움은 빌리지 않겠다고 했어. 하지만 그 며칠 후 멋들어지게 까마귀에게 공격받았지."

상상했다. 학교를 갓 졸업한 신참인 젊은 보석상이 잠시 눈을 뗀 사이에 재산이나 마찬가지인 상품이 훼손되고 도둑맞은 광경을.

추억담으로 듣는 클루조차도 윽, 하고 비명이 새어 나올 정도니 당시의 스푸트니크는 핏기가 싹 가셨을 테다. 곁에서 듣던 나츠도 소리는 내지 않았지만, 얼굴을 찡그리고 있었다.

차분한 목소리로 나츠가 뒷이야기를 재촉했다.

"스푸트니크는 어떻게 됐나요?"

"일이 벌어진 날 저녁에 스푸트니크를 우연히 만났어. 하지만 그때 그 녀석의 거동이 너무 수상쩍어서 또 황당무계한 일이라도 꾸미고 있는 건 아닌지 캐묻자 그런 일이 일어났다고 고백하더군. 게다가 그게 허무하게도 고가 상품을 입수한 직후였다고 하더라고."

"그, 그래서, 그래서 스푸트니크는 어떻게 했어요? 해결은 됐어요?"

소파에서 몸을 내민 클루에게 "해결 못 했으면 그 녀석이 지금쯤 보석상을 할 수 있을 리가 없겠지"라고 웃으며——.

"당회에 있어서 그 녀석의 가게의 가입 상황을 '수속은 완료되었지만, 당회의 사무 처리가 늦어지고 있다, 등록은 되어 있지 않지만, 사고가 일어난 시점에서 이미 그의 가게는 실질적으로 우리 단체에 가입이 끝난 상태였다'는 식으로 날조해서 입회 서류를 억지로 우리 상회 사무에 포함시켜 최대한 빨리 처리해서 보험을 적용시켜줬지. ……나도 정말 물러터졌단 말이야."

클루롤이 한숨을 쉬었다.

그건 과거의 아수라장을 두고서일까, 사정을 너무 봐주는 자신을 두고서일까.

"그렇게 심통 난 그 녀석의 얼굴은 그때 말고는 본 적이 없어. 그만큼 의지할 데가 없었다는 이야기지만…… 뭐 그건 됐어."

젊은 날의 스푸트니크가 시뻘건 얼굴을 한 클루롤의 설교를 들으면서 토라진 듯한 위축된 듯한 태도로 서류에 서명했다. 그런 모습이 눈앞에 선했다.

"무모한 아이였던 그 녀석이 유사시에 종업원을 보호하는 일까지 고려할 만큼 성장한 게 나한테는 참으로 재미있는 일이야."

클루롤의 수염이 조금 전과 마찬가지로 실룩실룩 움직였다.

"그것도 포함해 지금의 그 녀석은 옛날보다 다양한 시점에서 사물을 볼 수 있게 되었나 보군. 이번 소동에서도 그 상황을 모면하려고만 하지 말고 우선 솔직하게 상담하라고 설교했어. ……물론 최악의 상황을 막는 방법으로 그 녀석이 너한테 말한 수단도 있겠지만, 지금의 녀석이라면 그러기 전에 그것 말고 취할 수 있는 다른 방법도 떠올리겠지."

무엇을 떠올렸는지 또다시 허허, 하고 나지막하게 웃었다. 그리고,

"안심하렴. 그 녀석은 지금도 여전히 너와 함께 성장하고 있으니."

그 말을 듣고.

클루의 마음속에 가득 차 있던 무언가가 툭, 하고 뱃속으로 떨어지는 듯한 느낌이 들었다. 보석을 토한 것도 아닌데 지금까지 가지고 있던 이물감이 사라지는 듯했다. 호흡이 가뿐해진 것 같은 느낌마저 들었다.

앞으로 다가올 미래도 쭉 함께할 수 있다.

그런 생각을 하자 자연스럽게 환한 미소가 지어졌다.

"흠…… 뭐랄까."

인정하는 건 아니꼽지만, 하고 불편한 기색으로 클루롤은 말하더니, 그리고.

"……그 녀석이 삐딱한 건 맞지만, 전도유망한 건 확실하니까."

후루룩, 하고 소리를 내며 차를 마셨다. 아직 김이 나고

있어서 뜨거울 텐데 그는 잔을 기울이더니 단숨에 차를 들이켰다.

그때.

"그 말."

그때까지 잠자코 이야기를 듣고 있던 나츠가 갑자기 입을 뗐다.

"스푸트니크가 들으면 기뻐할 것 같네요."

그러자 클루롤은 미간과 턱에 주름을 깊이 새겼다.

팔짱을 끼고 몸을 뒤로 젖히더니,

"그건 사양하겠소."

그 녀석은 금방 까불대니까, 라고 말해서.

클루는 나츠와 소리 모아 웃었다.

<br>

## 3

"스푸트니크 님, 실례하겠습니다."

괜히 혼자서 화를 내던 클루가 막말과 함께 병실에서 나가고서 몇 시간이 흘렀을 무렵이었다.

쟁반을 들고 스푸트니크의 병실로 들어온 사람은 입원 생활을 하면서 완전히 낯이 익은 여자 간호사였다.

그녀의 이름은 기억하고 있다. 붕대로 감겨 있지 않은 쪽의 팔을 들어서 인사했다.

"니콜라, 왔어?"

"안녕하세요. 점심 가지고 왔습니다."

침대 옆 협탁에 식사 쟁반을 놓는 그녀에게 스푸트니크는 빙긋이 미소 지어주었다.

"넌 오늘도 꽃처럼 예쁘네."

"하하하, 고맙습니다."

"네가 손수 보살펴주는 난 행복한 인간이야. 괜찮다면 보답을 하고 싶은데 오늘 밤쯤에 식사라도——."

"스푸트니크 씨, 점심 다 드시면 식기는 평소대로 거기에 놔두셔도 됩니다. 나중에 가지러 올 테니까 다 드세요. 그리고."

꽃처럼 웃는 얼굴은 여전했지만, 이어진 말은 차가웠다.

"술과 담배와 외출은 절대금지입니다."

"……쳇."

혀를 찼다.

작전을 간파당한 모양이다.

니콜라가 놓아둔 쟁반 위에는 평소대로 식욕을 가시게 하는 요리가 정갈하게 놓여 있었다. 영양 밸런스로서는 나무랄 데가 없겠지만, 입원한 이튿날만에 질리고 말았다. 클루에게 "소금이랑 버터 가지고 와"라고 시켰더니 고자질을 해서 담당의에게 혼쭐이 난 것도 같은 날이었다.

그 이후 이런저런 수를 써서 기호품을 손에 넣으려고 시도하고 있지만, 모두 다 실패로 끝났다. 그리고 새로운 수단을 시도할 때마다 스푸트니크에 대한 병원 측의 경계 레벨이 올라갔다.

"잘 들어요. 스푸트니크 씨. 간호사를 구슬려서 외출하려고 해도, 병원에서 빠져나가 물건을 사러 가려고 해도 헛수고예요. 그런 분들을 지켜보려고 1층에 접수처가 있으니까요."

"병원식 맛대가리가 없어."

식감이 나쁘고 싱거운 데다 식후에는 항생제인지 진통제인지 알 수 없는 약을 이것저것 먹어야 한다. 무미건조한 식사다.

"애초에 난 특별히 병이 있는 건 아니야. 단순히 상처를 입었을 뿐이야. 뭘 먹든 괜찮아."

"단순한 부상이 아니에요. 큰 부상이에요."

태연하게 말했다.

외출도 못 하고 소독약 냄새가 폴폴 나는 곳에서 침대에 붙들린 채 만나는 사람이라고는 지인이나 의료관계자뿐이다. 기껏 대륙 통합 도시에 있는데 스푸트니크에게는 클루와 달리 오락거리가 하나도 없었다. 정말이지 공허한 나날이었다.

"술을 진탕 마시고 싶어. 유난히 맛있는 술을. 한동안 못 마셨어."

만취할 때까지 마신 게 언제더라. 클루가 여행을 떠난 후 리아피아트 시 가게에서 마신 술은⋯⋯ 정신을 잃기는 했지만 술이 달아서 자꾸자꾸 손이 간 건 아니었다.

신세 한탄하는 스푸트니크를 동정한 걸까. 니콜라의 대답이 조금 부드러워졌다.

"퇴원하면 축하의 뜻으로 마시세요. 물론 건강에 지장이

가지 않는 정도로요."

　부드러우면서도 타협하지는 않았다. 응이라는 둥, 휴우라는 둥 스스로도 알아들을 수 없는 웅얼거리는 대답이 입에서 새어 나왔다.

　어찌 되었거나 앞으로 며칠 동안은 계속해서 금주와 금연하는 나날이 이어질 모양이다. 이 도시에는 리아피아트 시에서는 손에 넣기 힘든 진귀한 술도 많이 파는데……

　뷔알톤 시에서의 음주. 그 말에서 멍하니 떠오르는 것이 있었다.

　"……학창시절에는 기숙사에서 종종 한잔했는데. 후배가 자주 나가떨어졌지."

　"스푸트니크 씨는 술이 센가 보네요? 후배분, 불쌍하기도 해라."

　"그 녀석만 그런 거 아냐. 나도 필름이 자주 끊겼어."

　"갈수록 더 가여운데요?"

　깔깔대며 웃었다.

　──호랑이도 제 말 하면 온다는 건 아니겠지만.

　"실례하겠습니다."

　문이 열리고 한 청년이 병실로 들어왔다.

　스푸트니크의 오랜 지인. 학창시절의 후배 겸 심부름꾼으로 지금은 이 도시에 가게를 차린 동종업계 종사자──.

　"클리우 선배, 저 왔어요."

　"류, 뭐 하러 왔어?"

그리고 그건 딱히 만나고 싶은 사람이 아니었다. 손을 팔랑팔랑 젓는 류 보석점 점주 류에게 화풀이하듯 물었다.

그는 기분이 상한 기색도 없이 손에 든 갈색 종이봉투를 들어 보였다. 그리고,

"까칠하게 굴지 마세요. 단순한 병문안이니까요."

침대 옆 의자에 앉아 간호사 니콜라의 위치에서 사각이 되도록 해서 류가 종이봉투에서 꺼낸 것은 무색투명한 액체가 가득 담긴 병이었다.

그것을 그대로 스푸트니크에게 내밀었다.

"슬슬 병원식에 질렸을 무렵일 것 같아서 입가심으로 드시라고요."

"오호. 네가 웬일로 센스를 발휘했네?"

"시장에서 미네랄워터 사 왔습니다."

"넌 여전히 눈치가 더럽게도 없구나."

"태세 전환이 너무 빠르잖아요, 아얏!"

코르크를 따서 엄지로 튕겨냈다. 목표물에 벗어나지 않고 류의 이마에 명중했다.

뚜껑을 딴 이상 마시지 않기엔 아까워서 우선 단숨에 들이켰다. 말한 대로 알코올 맛은 조금도 나지 않았다. 애초에 아무 맛도 없었다. 정말 물이다.

이마를 감싸고 있던 류가 실내를 두리번거리고 있었다. 뭘 찾는가 싶었는데,

"오늘은 꼬맹이가 없네요?"

"응?"

본인 앞에서 말하면 이글이글 타오르는 불처럼 화를 낼 것 같은 호칭이었지만, 누구를 가리키는지는 쉽게 알 수 있었다.

그는 스푸트니크를 오랜 이름으로 불렀다. 비슷한 이름이 섞여드는 것을 피하기 위해서일 테다.

"오늘은 클루롤 회장이 상회 본부를 안내해준다더군. 뷔알톤은 쉽게 올 수 있는 곳이 아니니까, 이쪽에서 할 수 있는 건 가능한 한 경험해두고 싶은가 봐. ……뭐야, 그 녀석을 만나러 왔어?"

"아, 겸사겸사요. 우리 종업원이랑 사이좋게 지내고 있는 것 같은데, 어떤 아이인지 너무 몰라서 이야기를 좀 나눠보고 싶었어요. 뭐 클리우 선배랑 달리 반듯한 아이라는 건 잘 알고 있지…… 윽."

"아차, 손이 미끄러졌군."

"스푸트니크 씨, 안정을 취하셔야죠!"

그만 상처 입은 팔로 베개를 던져서 간호사의 질책이 날아들었다.

식사 준비를 마치고 병실을 나가는 간호사의 등에다 대고 간단한 사과 인사를 했다. 그녀는 '못 말린다니까'라고 불만 한마디라도 던지고 싶은 표정을 남기고서 그길로 물러났다.

"그나저나 상회 견학이라니. 착실한 모범생이네요. 클리우 선배랑 다르게."

"나도 공부 정도는 했거든?"

침대 옆 협탁에 놓인 스케치북을 들어서 류에게 내던졌다. 입원 중에 심심풀이로 그리고 있던 액세서리 디자인이었다.

기술은 계속 갈고닦지 않으면 무뎌진다. 스케치북을 펼쳐 한번 쭉 훑어본 류는 이마에 주름을 새기며 웃더니 "알고 있어요"라고 말했다.

"아, 네에네에. 안다니까요. 클리우 선배는 학창시절부터 성적도 우수했고 손재주도 다른 학생들에 비해 훨씬 뛰어났죠. 그건 재능이 아니라, 노력이 뒷받침되어 있어서라는 것도 알고 있어요…… 다만 그것과 비슷한 정도로 여자애들한테 손을 대고 기물을 파손해서 아수라장 제조기 같은 인상이 강해 착실하다고는, 아얏!"

"착실한 모범생이었지."

식사하기 위해 침대에서 내려오다가 말이 많은 류의 발을 짓밟았다. 그리고——가뜩이나 맛없는 밥을 소독약 냄새가 나는 공기 중에서 먹고 싶지는 않았다——창을 열었다.

바람이 살포시 밀려와서 커튼이 크게 펄럭였다.

"뭐, 그렇긴 하지……."

"네?"

바람 소리 때문인지 중얼거린 말이 류에게 닿지 않은 듯했다.

돌아서, 의자에 앉아 있는 그를 내려다보았다.

"학창시절의 내가 지금의 그 녀석만큼 여러 가지를 필사

적으로 보고 있었냐고 묻는다면 자신이 없네. 굳이 따지자
면 난 내가 볼 수 있는 것만 유심히 봤던 것 같아."

물론 창작자로서 상인으로서 필요한 지식은 억지로라도
머릿속에 집어넣었고, 산더미 같던 자료를 읽은 기억은 있
으나 보석상회의 시스템이나 보험에 대한 지식에는 관심이
너무 없었다.

아니, 본가에 있던 무렵에 사회학을 포함해 기본적인 학
문은 철저하게 주입시켰으니 일반 상식 정도는 갖추고 있지
만──.

"아니, 일반 상식도 없었어요. 상식이 있다면 하루가 멀
다고 여자를 휙휙 갈아치우지는 않았겠죠."

"시끄러."

학창시절의 자신은 실실 웃으면서 불만을 부리는 이 후배나
부족한 부분은 입이 닳도록 설교한 감시 역할의 클루롤이 있
었기에 반항심이 괜히 더해갔을지도 모른다──아니, 아마도
그랬을 테다──따라서 학창시절의 자유분방한 행동거지는
5, 60 아니 80퍼센트 정도는 이 사람들의 탓이다──그렇다.

어쨌거나 현재 클루에 비해 과거의 자신은.

"세상물정을 알고 싶다며 고민하고 생각에 잠기고 좌절할
여유는 없었던 것 같아."

아니면 더 어렸던 시절, 본가에서 머물고 있었을 때는 그
런 느낌이었을까. ……떠올리려고 해도 너무 옛날 일이라
서 변변찮은 기억조차 떠오르지 않았다. 하지만 아마도 그

렇지 않았던 것 같다. 본가에서 시중에게 도련님이라고 불리던 시절의 이야기.

"뭐, 그런 의미에서 그 아이는 전도유망하겠지. 알 수 없는 일이긴 하지만."

그러자 류는 큭큭, 하고 웃었다.

"그 말, 꼬맹이한테 해주면 좋아하지 않을까요?"

글쎄. 어떨까. 상상해보았지만, 상대는 그 아이다. 기뻐하거나 까불기보다도 "스푸트니크가 날 칭찬하다니 뭔가 꿍꿍이라도 있는 거 아니에요?"라며 인상을 찌푸리고 의심의 눈길을 보내며 전적으로 결백한 내 의중을 떠볼 것이다.

진심으로 우러나온 말을 의심받아서 기분 좋을 사람은 없을 것이다.

……하지만 그런 생각을 학창시절의 후배에게 들려줄 이유도 없었다.

"그 녀석은 금방 까불 테니까."

침대에 앉아 식사를 응시했다. 채소와 고기와 요구르트, 둥근 빵, 수프, 미지근한 차. 하나같이 건강에 좋을 듯한, 바꿔 말하면 싱거운 병원식이다.

그래도 표정을 감출 도구 정도는 되겠지. 스푸트니크는 머그컵을 들어서 연한 차를 단숨에 들이켰다.

끝.

## 후기

기도라는 말을 듣고 떠올린 것은 몇 년 전 초봄에 나가노현까지 벚꽃을 보러 갔던 일이었습니다. 파란 하늘 아래, 불락성(不落城)으로 유명한 우에다 성에 흐드러지게 핀 천 그루의 벚나무는 대단히 멋졌습니다.

그때 사나다 신사에서 참배를 드렸는데 사무소에서 하늘색 색종이에 싸인 합격기원 부적에 눈길이 끌렸습니다. 저는 그다지 신앙심이 깊은 편이 아닌데 그 부적을 구입한 지 얼마 지나지 않아 작가 데뷔의 이야기를 듣게 되었고 지금도 이렇게 글을 쓰고 있는 것을 보아 효험이 있었구나 싶습니다.

안녕하세요, 나미아토입니다. 9권, 기도에 대한 이야기입니다.


이번 권의 콘셉트는 '총력전'입니다.

보석을 사랑한 소녀와 보석에 사랑받은 소녀의 이야기. 그리고 그녀들을 둘러싼 사람들의 이야기. 클루를 탈환하는 데 있어서 저마다 각자의 마음을 가슴속에 품고 싸웠습니다.

희망과 기대와 약간의 불안을 품고 클루가 발 디뎠던 대륙 통합 도시 뷔알톤 시. 친구인 리에와 체험학교를 즐겼던 그 도시가 이번에는 불길한 공기로 가득 차 있습니다.

유키가, 팡숑이 가슴에 품고 지키려고 쌓아온 것. 스푸트니크가 하루하루를 보내는 와중에 어느새 쌓아온 것. 시간의 흐름 속에서 성장한 것은 클루뿐만이 아닙니다. 등장인물들 각자의 변화, 도착 지점을 담았습니다. 여러분께서 즐겁게 감상해주신다면 더할 나위 없이 기쁠 것 같습니다.

그리고 마침내 뷔알톤 시에서 스푸트니크 보석점 점원 두 사람이 모였는데 평소의 활발한 기운으로 노력하는 클루의 모습이 없으면 서운하겠다는 생각이 들어 권말에 〈한가로운 이들의 뷔알톤 시〉를 담았습니다.

이번 여행으로 클루의 마음에 남은 것은 두려운 경험만이 아닐 겁니다.


이제 소동은 막을 내렸고 무대는 다시 리아피아트 시로 돌아갑니다.

뷔알톤 시에서 클루가 느끼고 배우고 얻은 것이 많습니다.

다정다감한 사람들에게 보호받은 소녀는 무엇을 선택하고 어떻게 성장할까요.

다음번에는 그런 이야기를 전하고 싶습니다.


그럼 다음 권에서 뵙겠습니다.

마침내 10권, 피날레입니다. 마지막까지 함께해주시길 바랍니다.


나미아토

HOUSEKIHAKI NO ONNANOKO ⑨
© Namiato 2019 / Pony Canyon Inc.
Originally published in Japan in 2019 by PONY CANYON INC., Tokyo.
Korean translation rights arranged with PONY CANYON INC., Tokyo,
through PONY CANYON KOREA INC., Seoul.
Korean translation rights © 2021 by Somy Media, Inc.

**보석을 토하는 소녀 9**

2021년 6월 15일 1판 1쇄 발행

저　　　자 나미아토
**일러스트** 케이
**옮 긴 이** 김현화
**발 행 인** 유재옥
**본 부 장** 조병권
**담당편집자** 김민지
**편집 1팀** 이준환 박소연
**편집 2팀** 정영길 김민지 조찬희
**편집 3팀** 오준영 곽혜민 김혜주
**편집 4팀** 성명신
**미　　　술** 김보라 서정원
**라이츠담당** 한주원
**디 지 털** 박상섭 이성호 최서윤 정현희
**발 행 처** ㈜소미미디어
**인쇄제작처** 코리아피앤피
**등　　　록** 제2015-000008호
**주　　　소** 서울시 마포구 토정로222, 403호(신수동, 한국출판콘텐츠센터)
**판　　　매** ㈜소미미디어
**마 케 팅** 한민지 이주희
**물　　　류** 허석용
**전　　　화** (02)567-3388 Fax (02)322-7665

ISBN 979-11-6611-843-2 04830
ISBN 979-11-5710-371-3 (세트)